余华 著

我们生活在巨大的差距里

·增订版·

北京出版集团
北京十月文艺出版社

新经典文化股份有限公司
www.readinglife.com
出 品

目 录

辑一：我只知道人是什么

他人的疼痛也是我的疼痛	3
我们的鲁迅	6
我们生活在巨大的差距里	24
灵魂饭	29
韩国的眼睛	46
奢侈的厕所	55
一个国家，两个世界	66
奥运会与比尔·盖茨之杠杆	69
最安静的夏天	72
阅读的故事	76
我们的安魂曲	104
失忆的个人性和社会性	108

我们与他们	112
我只知道人是什么	117

辑二：一个记忆回来了

一个记忆回来了	133
录像带电影	143
爸爸出差时	147
十九年前的一次高考	156
我的第一份工作	159
回忆十七年前	165
我的文学白日梦	171
篮球场上踢足球	174
一九八七年《收获》第五期	177

巴金很好地走了	182
关键词：日常生活	184
荒诞是什么	186
茨威格是小一号的陀思妥耶夫斯基	190
大仲马的两部巨著	193
川端康成和卡夫卡的遗产	195
给学生的推荐作品篇目	200
结语	206

辑三：每一天迷人的黎明都以爱为开端

奥克斯福的威廉·福克纳	215
酒故事	222
在日本的细节里旅行	225

美国的时差	230
耶路撒冷 & 特拉维夫笔记	233
英格兰球迷	239
南非笔记	243
埃及笔记	259
迈阿密 & 达拉斯笔记	261
纽约笔记	268
我的书游荡世界的经历	272
每一天迷人的黎明都以爱为开端	278

辑一：我只知道人是什么

他人的疼痛也是我的疼痛

一九七八年的时候，我获得了第一份工作，在中国南方的一个小镇上成为了一名牙医。由于我是医院里最年轻的，除了拔牙，还需要承担额外的工作，就是每年的夏天戴着草帽背着药箱，游走在小镇的工厂和幼儿园之间，给工人和孩子打防疫针。

过去时代的中国虽然贫穷，仍然建立起了一个强大的公共卫生防疫体系，免费给人民接种疫苗和打防疫针。我做的就是这样的工作，当时还没有一次性的针头和针筒，由于物质上的贫乏，针头和针筒只能反复使用，消毒也是极其简陋，将用过的针头和针筒清洗干净后，分别用纱布包好，放进几个铝制饭盒，再放进一口大锅，里面灌上水，放在煤球炉的炉火上面，像是蒸馒头似的蒸上两个小时。

因为针头反复使用，差不多每个针头上都有倒钩，打防疫针时扎进胳膊，拔出来时就会钩出一小粒肉来。我第一天做这样的工作，先去了工厂，工人们卷起袖管排好队，挨个上来伸出胳膊让我扎针,又挨个被针头钩出一小粒带血的肉。工人们可以忍受疼痛,他们咬紧牙关,最多也就是呻吟两声。我没有在意他们的疼痛,心想所有的针头都是有倒钩的,而且这些倒钩以前就有了,工人们每年都要接受有倒钩的防疫针,应该习惯了。可是第二天到了幼儿园,给三岁到六岁的孩子们打防疫针时,情景完全不一样,孩子们哭成一片,由于皮肉的娇嫩,钩出来的肉粒也比工人的肉粒大,出血也多。我清晰地记得当时的情景,所有的孩子都是放声大哭,而且还没有打防疫针孩子的哭声,比打了防疫针孩子的哭声还要响亮。我当时的感受是:孩子们眼睛见到的疼痛更甚于自身经历的疼痛,这是因为对疼痛的恐惧比疼痛还要可怕。

我震惊了,而且手足无措。那天回到医院以后,我没有马上清洗和消毒,找来一块磨刀石,将所有针头上的倒钩都磨平又磨尖后,再清洗和消毒。这些旧针头使用了多年,已经金属疲劳,磨平后用上两三次又出现倒钩了,于是磨平针头上的倒钩成为了我经常性的工作,我在此后的日子里看着这些针头的长度逐渐变短。那个夏天我都是在天黑后才下班回家,因为长时间水的浸泡和在磨刀石上面的磨擦,我的手指泛白起泡。

后来的岁月里,每当我回首此事,心里十分内疚,孩子们哭成一片的疼痛,才让我意识到工人们的疼痛。为什么我不能在孩子们的哭声之前就感受到工人们的疼痛呢?如果我在给工人和孩子们打防疫针之前,先将有倒钩的针头扎进自己的胳膊,再钩出自己带血的肉粒，那么我就会在孩子们疼痛的哭声之前，在工人们疼痛的呻吟之前，就感受到了什么是疼痛。

　　这样的感受刻骨铭心，而且在我多年来的写作中如影随行。当他人的疼痛成为我自己的疼痛，我就会真正领悟到什么是人生，什么是写作。我心想，这个世界上可能再也没有比疼痛感更容易使人们互相沟通了，因为疼痛感的沟通之路是从人们内心深处延伸出来的。所以，我在写下他人的疼痛之时，也写下了自己的疼痛。因为他人的疼痛，也是我的疼痛。

二〇一〇年一月二十二日

我们的鲁迅

二〇〇六年五月的一天,我坐在井然有序的哥本哈根机场的候机厅里,准备转机前往奥斯陆。身旁不同国家的人在用不同的语言小声说话,我的目光穿越明亮的落地玻璃窗,停留在窗外一架挪威航空公司飞机的尾翼上。我被尾翼上一个巨大的头像所吸引,我知道自己过会儿就要乘坐这架飞机前往奥斯陆。为了消磨时光,我心里反复思忖:飞机尾翼上的头像是谁?

我的思维进入了死胡同,身体一动不动。我有似曾相识之感,他的头发有点蓬松有点长,他的鼻子上架着一副老式的圆形眼镜。

开始登机了,我起身走向登机口。然后我坐到挪威航空公司航班临窗的座位上,继续想着尾翼上巨大的头像。我总觉得曾经见过他,可他究竟是谁?

就在飞机从跑道上腾空而起的刹那间,我的思维豁然开朗,我想起来他是谁了。同样的头像就在一本中文版的《培尔·金特》里,他是易卜生。看着窗外下面的哥本哈根逐渐远去,我不由笑了起来,心想这个世界上有过很多伟大的作家,可是能在天上飞来飞去的作家恐怕只有易卜生了。

我降落在易卜生逝世一百周年之际的奥斯陆,绵绵细雨笼罩着奥斯陆的大街,印有易卜生头像的彩旗飘扬在大街两旁,仿佛两行头像的列队,很多个易卜生从远到近,在雨中注视着我,让我感到他圆形镜片后面的目光似乎意味深长。

我在奥斯陆的第一次用餐,就在易卜生生前经常光顾的一家餐馆里。餐馆散发着我在欧洲已经熟悉的古老格调,高高的屋顶上有着精美的绘画,中间有着圆形柱子。作为纪念活动的一部分,餐馆进门处摆放着一只小圆桌,桌上放着一顶黑色礼帽,旁边是一杯刚刚喝光的啤酒,玻璃杯上残留着啤酒的泡沫。一把拉开的椅子旁放着一支拐杖。这一切象征着易卜生正在用餐。

此后的三天里,我没有再次走入这家餐馆。可是我早出晚归之时,就会经过这家餐馆。每次我都会驻足端详一下里面属于易卜生的小圆桌,黑色礼帽和拐杖总是在那里,椅子总是被拉开。我发现了有关易卜生纪念活动里的一个小小细节,早晨我经过时,小圆桌上的玻璃杯里斟满啤酒;晚上我回来时,酒杯空了,玻璃杯上沾着一点啤酒泡沫。于是,我拥有了美好的错觉,一百年前逝世的易卜生,每天都在象征性地看着一位中国作家的早出晚归,象征性地思忖:

"这个中国人写过什么作品?"

我想起了我们的鲁迅。易卜生的名字最早以中文的形式出现，是在鲁迅的《文化偏至论》和《摩罗诗力说》里。这是两篇用文言文叙述的文章，发表在一九〇八年的《河南》月刊上，易卜生去世将近两年了。一九二三年，鲁迅在北京女子高等师范学校发表了著名的演讲《娜拉走后怎样》。鲁迅在演讲里说："走了以后怎样？易卜生并无解答；而且他已经死了。即使不死，他也不负解答的责任。"然后鲁迅以一个读者的身份给予解答：娜拉走后"不是堕落，就是回来……还有一条，就是饿死了"。鲁迅认为，妇女要摆脱任人摆布的地位必须获得与男人平等的经济权。鲁迅在此用他冷嘲热讽的语调说道："钱这个字很难听，或者要被高尚的君子们所非笑，但我总觉得人们的议论是不但昨天和今天，即使饭前和饭后，也往往有些差别。凡承认饭需要钱买，而以说钱为卑鄙者，倘能按一按他的胃，那里面怕总还有鱼肉没有消化完，须得饿他一天之后，再来听他发议论。"

挪威航空公司飞机尾翼上巨大的易卜生头像，以及这样的头像缩小后又飘扬在奥斯陆的大街上，让我感受到了易卜生在挪威的特殊地位。当然这位伟大的作家在世界的很多地方都有着崇高的地位，可是我隐约有这样的感觉，"易卜生"在挪威不只是一个代表了几部不朽之作的作家的名字，"易卜生"在挪威可能是一个词汇了，一个已经超出文学和人物范畴的重要词汇。

就像我小时候的"鲁迅"，我所说的是"文化大革命"时期的

"鲁迅"。那时的"鲁迅"不再是一个作家的名字,而是一个在中国家喻户晓的词汇,一个包含了政治和革命内容的重要词汇。于是,我在奥斯陆大学演讲时,讲起了我和鲁迅的故事。

"文革"是一个没有文学的时代,只是在语文课本里尚存一丝文学的气息。可是我们从小学到中学的课本里,只有两个人的文学作品。鲁迅的小说、散文和杂文,还有毛泽东的诗词。我在小学一年级的时候,十分天真地认为:全世界只有一个作家名叫鲁迅,只有一个诗人名叫毛泽东。

我想,鲁迅应该是过去那个时代里最具批判精神的作家。一九四九年共产党获得政权以后,需要对此前的旧社会进行无情的鞭挞,于是鲁迅那些极具社会批判意义的作品成为了鞭子。我们从小就被告知,万恶的旧社会是一个"吃人"的社会,其证据就是来自于鲁迅的第一部短篇小说《狂人日记》,虚构作品中一个疯子"吃人"的呓语被当时的政治需求演绎成了真实的社会现状。语文课本里鲁迅的其他作品《孔乙己》《祝福》《药》等等,无一例外地被解读成了揭露旧社会罪恶的范本。

当然,毛泽东对鲁迅的欣赏至关重要,让其名声在后来的新社会里享受到了三个伟大——伟大的文学家、伟大的思想家和伟大的革命家。这位一九三六年去世的作家,其影响力在一九六六年开始的"文革"时代达到了顶峰,仅次于毛泽东。那时候几乎每篇文章,无论是出现在报纸上广播里,还是出现在街头的大字报上,都会在毛泽东的语录之后,引用鲁迅的话。人民群众的批判文章里要用鲁迅的话,地富反坏右交待自己罪行的材料里也要用鲁迅的话。"毛主席教导我们"和"鲁迅先生说"已经成为当时人们的政治口头禅。

有趣的是,"文革"时期"先生"这个词汇也被打倒了,是属于封建主义和资产阶级的坏东西。鲁迅破例享受了这个封建主义和资产阶级的待遇,当时全中国只有鲁迅一个人是先生,其他人都是同志,要不就是阶级敌人。

这时候的"鲁迅",已经不再是那位生前饱受争议的作家,他曾经遭受到的疾风暴雨般的攻击早已烟消云散,仿佛雨过天晴一样,这时候的"鲁迅"光辉灿烂了。"鲁迅"已经从一个作家变成了一个词汇,一个代表着永远正确和永远革命的词汇。

我有口无心地读着语文课本里鲁迅的作品,从小学读到高中,读了整整十年,可是仍然不知道鲁迅写下了什么。我觉得鲁迅的作品沉闷、灰暗和无聊透顶。除了我在写批判文章时需要引用鲁迅的话,其他时候鲁迅的作品对我来说基本上是不知所云。也就是说,鲁迅作为一个词汇时,对我是有用的;可是作为一个作家的时候,让我深感无聊。因此,我小学和中学的往事里没有鲁迅的作品,只有"鲁迅"这个词汇。

在我的"文革"岁月里,我曾经充分利用过"鲁迅"这个强大的词汇。我成长的经历里除了革命和贫穷，就是无休无止的争论。争论是我童年和少年时期的奢侈品，是贫困生活里的精神食粮。

我小学时和一位同学有过一个争论：太阳什么时候离地球最近？这位同学认为是早晨和傍晚，因为那时候的太阳看上去最大。我认为是中午，因为中午的时候最热。我们两个人不知疲惫地开始了马拉松式的争论，每天见面时，都是陈述自己的理由，然后驳斥对方的观点。这样的废话说了不知道有多少遍以后，我们开始寻求其他人的支持。他拉着我去找他的姐姐，他姐姐听完了我们两方的理由后，马上站到了他的立场上。这个当时还没有发育的女孩一边踢着毽子一边说：

"太阳当然是早晨和傍晚离地球最近。"

我不甘失败，拉着他去找我的哥哥。我哥哥自然要维护自己的弟弟，他向我的同学挥了两下拳头，威胁他：

"你再敢说早晨和傍晚最近，小心老子揍你。"

我对哥哥的回答方式深感失望，我需要的是真理，不是武力。我们两个又去找了其他年龄大一些的孩子，有支持他的，也有赞成我的，始终难分胜负。我们之间的争论长达一年时间，小镇上年龄大一些的孩子都被我们拉出来当过几次裁判，连他们都开始厌烦了，只要看到我们两个争吵地走向他们，他们就会吼叫：

"滚开！"

我们只好将唾沫横飞的争论局限在两个人的范围里。后来他有了新的发现，开始攻击我的"热"理论，他说如果用热作为标准的话，那么太阳是不是夏天离地球近，冬天离地球远？我反驳他的"视觉"理论，如果用看上去大小作为标准，那么太阳在雨天是不是就小得没有了？

我们继续争论不休，直到有一天我搬出了鲁迅，一下子就把他打垮了。我在情急之中突然编造了鲁迅的话，我冲着他喊叫：

"鲁迅先生说过，太阳中午的时候离地球最近！"

他哑口无言地看了我一会儿，小心翼翼地问："鲁迅先生真的说过这话？"

"当然说过，"我虽然心里发虚，嘴上仍然强硬，"难道你不相信鲁迅先生的话？"

"不是的，"他慌张地摆了摆手，"你以前为什么不说呢？"

我一不做二不休，继续胡编乱造："以前我不知道，是今天早晨在广播里听到的。"

他悲伤地低下了头，嘴里喃喃地说道："鲁迅先生也这么说，肯定是你对了，我错了。"

就这么简单，他不遗余力地捍卫了一年的太阳距离观点，在我虚构的鲁迅面前立刻土崩瓦解了。此后的几天里，他沉默寡言，独自一人品尝失败的滋味。

这是"文革"时代的特征，不管是造反派之间或者红卫兵之间的争论，还是家庭妇女之间的吵架，最终的胜利者都是拿出某一句毛泽东说过的话，然后一锤定音，结束争论和吵架。当时我本来是想编造一句毛泽东的话，可是话到嘴边还是胆怯了，不由自主地把"毛主席教导我们"改成了"鲁迅先生说"。日后即便被人揭露出来，被打倒了，成为小反革命分子，也会罪轻一等。

进入初中以后，我和这位同学开始了另一场旷日持久的争论。我们讨论起了原子弹的威力，他说如果把世界上所有的原子弹捆绑到一起爆炸的话，地球肯定会粉身碎骨似的毁灭；我不同意，我说地球的表面会被摧毁，但是地球不会因此破碎，地球仍然会正常地自转和公转。

我们从讨论的层面进入到了争论的层面，而且争论不断升级和扩大，两个人在学校里整天声嘶力竭地辩论，然后像竞选似的，各自去拉拢其他男同学。有支持他的，也有支持我的，当时初一年级里的男生们分成了地球毁灭和不毁灭两大阵营。时间一久，我们的男同学们厌倦了这样的争论，只有我们两个人继续在争论里乐此不疲。男同学们为此给予我们一个共同的绰号：

"这两个地球。"

有一天我们打篮球的时候也争论起来，我们已经争论了几个月了，我们都觉得应该结束这场争论了。我们就在篮球场上做出决定，去找化学老师，让她给出一个权威的答案。我们一边争论一边走去，他忘记了手里抱着篮球，后面打球的几个同学急了，冲着我们喊叫：

"喂,喂,两个地球,把篮球还给我们。"

我们要去请教的化学老师是新来的,来自北方的一个城市,是一位三十多岁的女性,我们觉得她很洋气,因为她说着一口标准的普通话。不像其他老师,课上课下都只会说本地土话。我们在年级的教研室里找到了她,她耐心地听完我们各自的观点后,十分严肃地说:

"全世界人民都是爱好和平的,怎么可能把原子弹捆绑在一起爆炸?"

没想到这位洋气的化学老师给我们耗时几个月的争论来了一个釜底抽薪,让我们措手不及。我们两个人傻乎乎地走出了初中年级教研室,又傻乎乎地互相看了一会儿,然后同时骂了一声:

"他妈的!"

接下去我们继续争论,都是一副誓不罢休的模样。我终于再次被逼急了,故技重演地喊叫起来:

"鲁迅先生说过,即使将全世界的原子弹绑在一起爆炸,也毁灭不了我们的地球。"

"又是鲁迅先生说?"他满腹狐疑地看着我。

"你不相信?"我那时候是死猪不怕开水烫了,"难道我是在编造鲁迅先生的话?"

我坚定的神态让他退却了,他摇摇头说:"你不敢,谁也不敢编造鲁迅先生的话。"

"我当然不敢。"我心虚地说道。

他点点头说:"这'即使'确实很像是鲁迅先生的语气。"

"什么叫很像?"我乘胜追击,"这就是鲁迅先生的语气。"

然后,我的这位同学垂头丧气地走去了。他可能百思不得其解:鲁迅先生为何总是和他作对? 不过几个月以后,我把自己吓出了一身冷汗。我突然发现了一个巨大的破绽,鲁迅是一九三六年去世的,第一颗原子弹在日本广岛爆炸的时间却是一九四五年。我胆战心惊了好几天以后,主动去向这位同学认错,我对他说:

"我上次说错了,鲁迅先生的原话里不是说原子弹,是说炸弹。他说,即使全世界的炸弹绑在一起爆炸……"

我同学的眼睛立刻明亮了,他扬眉吐气地说:"炸弹怎么可以和原子弹比呢!"

"当然不能比,"为了蒙混过关,我只好承认他的观点是对的,"你说得对,如果世界上的原子弹捆绑在一起爆炸的话,地球肯定被炸得粉身碎骨。"

我和这位同学从小学到初中的两次马拉松式的争论,最终结果是一比一。这个结果没有意义,争论也没有意义,有意义的是由此引出了一个事实,就是作为一个词汇的"鲁迅",在"文化大革命"时期实在是威力无穷。

我和鲁迅的故事还在演绎,接下去是我一个人的鲁迅了。我过去生活中有过一些疯狂的经历，其中之一就是我曾经将鲁迅的短篇小说《狂人日记》谱写成歌曲。

那时候我是一名初二的学生，应该是一九七四年，"文革"进入了后期，生活在越来越深的压抑里一成不变地继续着。我在上数学课的时候去打篮球，上化学课或者物理课时在操场上游荡，无拘无束。然而课堂让我感到厌倦之后，我又开始厌倦操场了，我愁眉苦脸不知道如何打发日子，无所事事的自由让我感到了无聊。这时候我发现了音乐，准确的说法是我发现了简谱，于是在像数学课一样无聊的音乐课里，我获得了生活的乐趣，激情回来了，我开始作曲了。

我并不是被音乐迷住了，而是被简谱迷住了。我不知道是出于什么原因，可能是我对它们一无所知。不像我翻开那些语文和数学的课本时，我有能力去读懂里面正在说些什么。可是那些简谱，我根本不知道它们在干什么，我只知道那些革命歌曲一旦印刷下来就是这副模样，稀奇古怪地躺在纸上，暗暗讲述着声音的故事。无知构成了神秘，神秘变成了召唤，召唤勾引出了我创作的欲望。

我丝毫没有去学习这些简谱的想法，直接就是利用它们的形状开始了我的音乐写作，这肯定是我一生里唯一的一次音乐写作。我第一次音乐写作的题材就是鲁迅的短篇小说《狂人日记》，我先将鲁迅的小说抄写在一本新的作业簿上，然后将简谱里的各种音符胡乱写在文字的下面，我差不多写下了这个世界上最长的一首歌，而且是一首无人能够演奏，也无人有幸聆听的歌。

这项工程消耗了我很多天的热情，我把作业簿写满了，也把自己写累了。这时候我对音乐的简谱仍然是一无所知，虽然我已经拥有了整整一本作业簿的音乐作品，可是我朝着音乐的方向没有跨出半步，我不知道自己胡乱写上去的乐谱会出现什么样的声音，只是觉得看上去很像是一首歌，我就心满意足了。

我十分怀念那本早已遗失了的作业簿，怀念《狂人日记》这首世界上最长的歌曲，里面混乱的简谱记载了胡乱的节拍和随心所欲的音符，也记载了我在"文革"后期的生活状态，那是一种窒息的压抑、无聊的自由和空洞的话语相互交往的生活。为什么我会选择《狂人日记》？我也不知道。我所知道的是，《狂人日记》之后，我再也找不到更适合我作曲的文学题材了。于是，我只好去对付那些数学方程式和化学反应式。接下去的日子里，我又将数学方程式和化学反应式也谱写成了歌曲，写满了另外一本作业簿。同样是胡乱的节拍和随心所欲的音符，如果演奏出来，我相信这将是这个世界上从未有过的声音。地狱里可能有过，我曾经设想过那是什么样的声音，我当时的想象里立刻出现了鬼哭狼嚎的声音。我也有过侥幸的想法，我也许偶尔瞎猫逮住了死耗子，阴差阳错地写下了几个来自天堂的美妙乐句。

现在回首往事，似乎有了我为何选择《狂人日记》的答案：我当初谱曲的方法，可以说是另外一个狂人的日记。

"文革"结束以后,我曾经十分好奇毛泽东对鲁迅的欣赏。我想,这两个人在心灵上可能有一条秘密通道,虽然有着生死之隔,他们仍然能够迅速地互相抵达。毛泽东和鲁迅似乎都有着坚强的心灵和永不安分的性格。毛泽东赞扬鲁迅的"硬骨头精神",其实毛泽东也是硬骨头,他和当时比中国强大的美国和苏联抗衡时毫不示弱。而且这两个人在思想深处都是彻底的和极端的,他们对儒家的中庸之道都表现出了深恶痛绝。

任何伟大的作家都需要伟大的读者,鲁迅拥有一个强大的读者毛泽东,这可能是鲁迅的幸运,也可能是鲁迅的不幸。"文革"时期的"鲁迅",从一个作家的名字变成了一个时髦的政治词汇之后,他深刻和妙趣横生的作品也被教条主义的阅读所淹没。在那个时代里,人人张口闭口都是"鲁迅先生说",其亲热的语气好像当时所有的中国人都和鲁迅沾亲带故似的,可是很少有人像毛泽东这样理解鲁迅。因此,"文革"时期的鲁迅虽然名声达到顶峰,可是真正的读者却寥寥无几,"鲁迅先生说"只是一个时代在起哄而已。

"文革"之后,鲁迅不再是一个神圣的词汇,他回归于一个作家,也就回归于争议之中。很多人继续推崇鲁迅,不少人开始贬低和攻击鲁迅。与鲁迅在世时遭受的攻击有所不同,现在的攻击里添加了情色的配料,一些人津津乐道于隐私中的鲁迅,捕风捉影地研究起了与鲁迅恋爱有关的四个女人；还有的人干脆臆想起来：鲁迅的床上功夫十分糟糕，鲁迅的性心理十分变态……

随着中国市场经济的兴起，鲁迅的商业价值也被不断地开发出来，鲁迅笔下的人物和地名被纷纷用于餐饮业和旅游业，甚至KTV和夜总会里都有鲁迅笔下地名命名的包厢，官员和商人搂着小姐在这样的包厢里歌舞升平。

还有人直接拿鲁迅本人作为广告代言人。武汉有一家专卖臭豆腐的小店，在店门口耸立起鲁迅叫卖臭豆腐的广告牌。广告上用的是一张鲁迅抽烟的经典照片，只是将鲁迅手上的香烟换成了一串臭豆腐。

这家小店的老板骄傲地声称：他们是鲁迅先生的同乡，都是浙江绍兴人，制作这样的广告是现在中国流行的做法，就是借用名人效应来招揽生意。

"鲁迅"在中国的命运，从一个作家的命运到一个词汇的命运，再从一个词汇的命运回到一个作家的命运，其实也折射出中国的命运。中国历史的变迁和社会的动荡，可以在"鲁迅"里一叶见秋。

我在奥斯陆大学继续讲述我和鲁迅的故事。我告诉挪威的听众，我曾经无知地认为鲁迅是一个糟糕的作家，他显赫的名声只是政治的产物。

一九八四年，我在中国南方一个县城的文化馆工作。当时我已经从事写作，我办公室外面的过厅里有一张大桌子，桌下地上堆满了马克思、恩格斯、列宁、斯大林、毛泽东和鲁迅的著作。这些曾经是圣书的著作，时过境迁之后像废纸一样堆在一起，上面落满了灰尘。鲁迅的著作堆在最外面，我进出办公室的时候，双脚时常会碰到它们，我低头看看在地上灰溜溜的鲁迅著作，不由幸灾乐祸，心想这家伙终于过时了。有一次我经过时，不小心被地上的鲁迅著作绊了一下，差点摔倒在地，我骂了一声：

"他妈的，都过时了，还要出来捉弄人。"

"文革"结束的时候，我刚好高中毕业。此后的十多年里，我阅读了大量的文学作品，可是没有读过鲁迅作品中的一个字。后来我自己成为了一名作家，中国的批评家认为我是鲁迅精神的继承者，我心里十分不悦，觉得他们是在贬低我的写作。

时光来到了一九九六年，一个机会让我重读了鲁迅的作品。一位导演打算将鲁迅的小说改编成电影，请我为他策划一下如何改编，他会付给我一笔数目不错的策划费，当时我刚好缺钱，就一口答应下来。然后我发现自己的书架上没有一册鲁迅的著作，只好去书店买来《鲁迅小说集》。

当天晚上开始在灯下阅读这些我最熟悉也是最陌生的作品。读的第一篇小说就是我曾经谱写成歌曲的《狂人日记》，可是我完全忘记了里面的内容，小说开篇写到那个狂人感觉整个世界失常时，用了这样一句话：

"不然，那赵家的狗，何以看我两眼呢？"

我吓了一跳,心想这个鲁迅有点厉害,他只用一句话就让一个人物精神失常了。另外一些没有才华的作家也想让自己笔下的人物精神失常,可是这些作家费力写下了几万字,他们笔下的人物仍然很正常。

《孔乙己》是那天晚上我读到的第三篇小说。这篇小说在我小学到中学的语文课本里重复出现过,可是我真正阅读它的时候已经三十六岁了。读完了《孔乙己》,我立刻给那位导演打电话,希望他不要改编鲁迅的小说,我在电话里说:

"不要糟蹋鲁迅了,这是一位伟大的作家。"

第二天,我就去书店买来了"文革"以后出版的《鲁迅全集》。为此,我十分想念那些堆积在文化馆桌子下面的鲁迅作品,那些在"文革"中出版的鲁迅作品,其版本有着更加深远的意义。我当年从文化馆办公室进出时,移动的双脚时常被鲁迅的著作绊住,我觉得可能是命运的暗示,暗示我这些布满灰尘的书页里隐藏着伟大的叙述。

从书店买来《鲁迅全集》后的一个多月里,我沉浸在鲁迅清晰和敏捷的叙述里。我后来在一篇文章里这样写道:"他的叙述在抵达现实时是如此的迅猛,就像子弹穿越了身体,而不是留在了身体里。"

我想借此机会再次谈论《孔乙己》,这是短篇小说中的典范。这部短篇小说开篇的叙述貌似简单却是意味深长,鲁迅上来就写鲁镇的酒店的格局，短衣帮的顾客都是靠在柜台外面站着喝酒，穿长衫的顾客是在店面隔壁的房子里，要上酒菜，坐下来慢慢地喝酒。孔乙己是唯一站着喝酒却穿长衫的人。鲁迅惜墨如金的开篇，一下子就让孔乙己与众不同的社会身份突出在了叙述之中。

在《孔乙己》里尤其重要的是，鲁迅省略了孔乙己最初几次来到酒店的描述，当孔乙己的腿被打断后，鲁迅才开始写他是如何走来的。这是一个伟大作家的责任，当孔乙己双腿健全时，可以忽视他来到的方式，然而当他腿断了，就不能回避。于是，我们读到了"忽然间听得一个声音，'温一碗酒。'这声音虽然极低，却很耳熟。看时又全没有人。站起来向外一望，那孔乙己便在柜台下对了门槛坐着。"先是声音传来，然后才见着人，这样的叙述已经不同凡响，当"我温了酒，端出去，放在门槛上"，孔乙己摸出四文大钱后，令人赞叹的描述出现了，鲁迅只用了短短一句话，"见他满手是泥，原来他是用这手走来的。"

在我三十六岁的那个夜晚，鲁迅在我这里，终于从一个词汇回到了一个作家。回顾小学到中学的岁月里，我被迫阅读鲁迅作品的情景时，我感慨万端，我觉得鲁迅是不属于孩子们的，他属于成熟并且敏感的读者。同时我还觉得，一个读者与一个作家的真正相遇，有时候需要时机。

"文革"结束以后，我阅读过很多其他作家的作品，有伟大的作品，也有平庸的作品，当我阅读某一位作家的作品时，一旦感到无聊，我就会立刻放下这位作家的作品，让我没有机会去讨厌这位作家。可是"文革"期间我无法放下鲁迅的作品，我被迫一遍又一遍地去阅读，因此鲁迅是我这辈子唯一讨厌过的作家。

我告诉挪威的听众：当一个作家成为了一个词汇以后，其实是对这个作家的伤害。

我的演讲结束后，奥斯陆大学历史系的 Harald Bøckman 教授走过来说："你小时候对鲁迅的讨厌，和我小时候对易卜生的讨厌一模一样。"

二〇〇九年五月四日

我们生活在巨大的差距里

这四十年来中国人的心理变化就像社会的变化那样天翻地覆。当社会面目全非之后，我们还能认识自己吗？

我想，没有一个人在心理上是完全健康的，起码不可能一生都健康，心理医生也不会例外。事实上，我们人人都有着不同程度的焦虑，对尚未发生的事情的担忧和害怕，这样的心理或多或少地在左右着我们的生活态度和思维方式。一九九七年的时候，我在香港丢过了一次护照，历尽麻烦之后才得以回到北京。护照的丢失意味着身份的失去，此后的三四年时间里，我每次在国外的时候都会梦见自己的护照又丢了，然后一身冷汗醒过来，才知道是虚惊一场；而且无论我是在开会演讲，还是在游山玩水，每隔四五个小时就会神经质地去摸一下护照是否还在口袋里。直到今天，我出国前整理行装时，首先考虑的是穿什么样的衣服可以保证护照的安全，然后再考虑其他的。可以这么说，香港的那次护照丢失，让我在此后十年的时间里只要置身异国他乡，就会出现焦虑，害怕护照再次丢失的焦虑，这是对自己可能再次失去身份的恐惧。

我从事的工作是讲故事，用《巴黎圣母院》里吉普赛人的说法，我就是那种将别人的故事告诉别人，然后再向别人要钱的人。

三十多年前，也就是"文革"后期，我还是一个中学生，当时男生和女生之间是不说话的，虽然非常想说话，可是不敢说，就是爱慕对方，也只能偷偷地用眼睛看看而已。也有胆大的男生悄悄给女生写纸条，而且还不敢写上明确示爱的句子，都是一些指鹿为马的句子，比如要送给对方一块橡皮一支铅笔之类的句子，来传达爱的信息。接到纸条的女生立刻明白那小子想干什么，女生普遍的反应是紧张和害怕，假如纸条一旦曝光，女生就会深感羞愧，好像她自己做错了什么。

三十多年以后的今天，中学生谈情说爱早已在心理上合法化，在舆论上公开化。现在的女中学生竟然是穿着校服去医院做人流手术，媒体上曾经有过这样一条消息，一个女中学生穿着校服去医院做人流手术时，有四个穿着校服的男中学生簇拥着，当医生说手术前需要家属签字时，四个男中学生争先恐后地抢着要签名。

是什么原因让我们从一个极端走向了另一个极端？我不知道，我只知道中国这三十年创造了举世瞩目的经济奇迹，现在已经成为世界第二大经济体，可是在这个光荣的数据后面，却是一个让人不安的数据，人均年收入始终在世界的九十多位和一百位之间。

这两项应该是平衡的经济指标，在今天的中国竟然如此的不平衡。

当上海、北京、杭州和广州这些经济发达地区的摩天大厦此起彼伏，商店、超市和饭店里人声鼎沸时，在西部的贫穷落后地区仍然是一片萧条景象。按照联合国一天收入只有一美元的贫困标准，中国的贫穷人口在一亿以上。

中国是一个地域辽阔、人口众多、经济发展不平衡的国家，在上个世纪八十年代的中期，沿海地区城市里的人普遍在喝可口可乐了；可是到了九十年代中期，湖南山区外出打工的人，在回家过年时，给乡亲带去的礼物是可口可乐，因为他们的乡亲还没有见过可口可乐。

社会生活的不平衡必然带来心理诉求的不平衡，上世纪九十年代后期，中央电视台在六一儿童节期间，采访了中国各地的孩子，问他们六一的时候最想得到的礼物是什么。一个北京的小男孩狮子大开口要一架真正的波音飞机，不是玩具飞机；一个西北的小女孩却是羞怯地说，她想要一双白球鞋。

两个同龄的中国孩子，就是梦想都有着如此巨大的差距，这是令人震惊的。对这个西北女孩来说，她想得到一双普通的白球鞋，也许和那个北京男孩想得到的波音飞机一样遥远。

这就是我们今天的生活，不平衡的生活。区域之间的不平衡、经济发展的不平衡、个人生活的不平衡等等，然后就是心理的不平衡，最后连梦想都不平衡了。梦想是每个人与生俱有的财富，也是每个人最后的希望。即便什么都没有了，只要还有梦想，就能够卷土重来。可是我们今天的梦想已经失去平衡了。

北京和西北这两个孩子梦想之间的差距，显示了两个极端，可以说和我举出的第一个例子的差距一样巨大，三十多年前的女中学生和今天的女中学生是另外的两个极端，前者显示的是现实的差距，后者显示的是历史的差距。

我在《兄弟》后记里写下这样一段话，"一个西方人活四百年才能经历这样两个天壤之别的时代，一个中国人只需四十年就经历了。"

我知道自己在《兄弟》里写下了巨大的差距，上部"文革"时代和下部今天时代的差距，这是历史的差距；还有李光头和宋钢的差距，这是现实的差距。历史的差距让一个中国人只需四十年就经历了欧洲四百年的动荡万变，而现实的差距又将同时代的中国人分裂到不同的时代里去了，就像前面说到的北京男孩和西北女孩，这两个生活在同样时代里的孩子，他们梦想之间的差距，让人恍惚觉得一个生活在今天的欧洲，另一个生活在四百年前的欧洲。

这就是我们的生活，我们生活在现实和历史双重的巨大差距里，可以说我们都是病人，也可以说我们全体健康，因为我们一直生活在两种极端里，今天和过去相比较是这样，今天和今天相比较仍然是这样。

三十年前,我刚刚从事讲故事的职业时,读到过挪威易卜生的一段话,他说:"每个人对于他所属的社会都负有责任,那个社会的弊病他也有一份。"

所以与其说我是在讲故事,不如说我是在寻求治疗,因为我是一个病人。

二〇〇七年五月二十一日

灵魂饭

在一本关于巴托洛梅·德·拉斯卡萨斯神父的小册子里，讲述了这位西班牙教士神秘的业绩。

一四九二年十月一日，一位带着西班牙国旗的意大利人在被海水打湿的甲板上，看到了绵延不绝的被森林覆盖的土地浮现在茫茫的海水之上。这个名叫哥伦布的人后来毁誉参半，一方面他是功勋卓越的美洲大陆的发现者，另一方面他又是臭名昭著的殖民掠夺者。然而他并不知道自己发现的是一片新大陆，他简单地认为这只是通往东印度的捷径。当哥伦布第一次登上美洲大陆时，土著的印第安人欢迎了他们，他们在沙滩上进行了最初的交易，欧洲人用他们廉价的玻璃制品换取印第安人昂贵的宝石。这时候的哥伦布和他的追随者显然满足于类似的欺诈行为，他们和印第安人相处得不错。当哥伦布第二次来到时，他的身份不再是一个发现者，而是一个征服者。按照他和西班牙王室的协议，他成为了西印度群岛的总督，以及他所发现海域的海军上将。哥伦布开始了他的血腥统治,他的继任者更加残暴,最终的结果是一百多万印第安人分别被打死、累死、饿死、冻死和病死,印第安人在西印度群岛悲惨地接受了灭绝的命运。

消息传到欧洲,西班牙人和葡萄牙人、法国人和英国人、荷兰人和其他欧洲人纷纷漂洋过海,像蚊子似的一团团地拥向了神秘的美洲大陆,开始了无情的征服狂潮。聂鲁达在诗中把他们称作一群戴着假牙和假发的人,这群殖民掠夺者在此后的三百年里,使四千万人口的印第安人下降到了九百万人口,将田园诗般的印第安世界变成了恐怖的人间地狱。与此同时,西班牙从美洲运回了二百五十万公斤的黄金和一百万公斤的白银,英国和法国以及其他欧洲国家,也同样掠走了大量的金银财宝。

巴托洛梅·德·拉斯卡萨斯神父就是在这个时候登上美洲大陆,资料显示他是最早来到美洲的神父之一。与前往亚洲和非洲的传教士有着不同的命运,来到美洲的传教士没有被赶走,这是因为美洲大陆被欧洲殖民者彻底征服了,而亚洲和非洲最终没有被征服。沦落为奴隶的印第安人在白人的猎杀下,只能放弃他们的原始宗教,这样的宗教曾经与印第安人的生命和生活紧密相连,印第安人坚信万物都有灵魂,然后产生了印第安的巫术,进而就是图腾崇拜,他们的图腾和生灵有关,狼、熊、龟、鹰、鹿、鳗、海狸等等都是图腾的对象。这些曾经与自然界亲密无间的印第安人,在失去家园和妻离子散以后,在意识到自己已经被彻底征服以后，纷纷成为了基督的信徒。拉斯卡萨斯和他的精神同事们事实上成为了另一种征服者，心灵的征服者。

拉斯卡萨斯神父在美洲大陆的传教经历，使他亲眼目睹了残忍的现实——殖民者对印第安人残酷的武力剿杀，沉重的劳役折磨，还有不堪忍受的苛捐杂税，以及疾病和瘟疫。在人口稠密的太平洋一边，殖民者将成千上万的印第安人赶入大海，让滔滔的海浪淹没印第安人悲伤的眼睛和绝望的哭泣。

这一切使拉斯卡萨斯神父放弃了欧洲白人的立场，站到了印第安人中间。他曾经十二次渡海回国，为印第安人请命，希望减轻印第安人沉重的劳役负担，这是他一生中最为人称道的经历。这位神父请求西班牙国王将印第安人作为"人"来对待，这个现在看来是合情合理的请求，在当时的殖民者眼中却是荒唐可笑。

这本有关拉斯卡萨斯神父的小册子没有继续写下去，因为接下去的故事对这位神父极为不利。虽然和冷酷的征服者哥伦布截然不同，充满同情和怜悯之心的巴托洛梅·德·拉斯卡萨斯却同样引起了争议。如果免除了印第安人沉重的劳役，那么谁来替代他们？拉斯卡萨斯建议用非洲的黑人来替代。神父的同情和怜悯并没有挽救印第安人的命运，倒是带来了另外一场灾难，非洲的黑人开始源源不断地进入美洲大陆。

一九九九年五月，我带着两个问题来到美国。在华盛顿特区的霍华德大学，这是一所历史悠久的黑人大学，我见到了米勒教授，我问他是否知道巴托洛梅·德·拉斯卡萨斯神父的故事，米勒教授听到这个西班牙教士的名字时，脸上出现了一丝奇怪的微笑，他告诉我他知道这个故事。于是我的第一个问题提了出来，这位神父是不是后来疯狂的奴隶贸易的罪魁祸首？作为一位黑人，米勒不会轻易放过或者原谅所有和奴隶贸易有关的人，他认为拉斯卡萨斯神父有着不可推脱的责任。事实上从哥伦布登上西印度群岛开始，此后的三百多年里所有登上美洲大陆的欧洲白人都难逃罪责。

让拉斯卡萨斯神父一个人来承担奴隶贸易起因的责任，显然是不公正的。事实是在哥伦布发现美洲大陆的半个世纪以前，在拉斯卡萨斯神父出生以前，非洲的奴隶贸易已经开始，不同的是奴隶们那个时候所去的地方是欧洲。而且在更为久远的年代，阿拉伯人已经在非洲悄悄地从事这样的勾当了。所以拉斯卡萨斯神父在美国的黑人中间并不知名，当我向其他几个非洲裔的美国人提起这位教士时，这些不是从事专门研究工作的美国黑人都茫然地摇起了头，他们表示不知道有这么一个人。如果一定要为后来大规模的奴隶贸易寻找一个罪魁祸首，那么这个人毫无疑问就是哥伦布。

正是哥伦布对美洲大陆的发现，那些原来驶向欧洲的奴隶船开始横渡大西洋前往美洲，一个长达四百多年的人间悲剧拉开了序幕。当沾满印第安人鲜血的宝石和贵重金属源源不断地流入欧洲的时候，当东方国家盛产的香料和黄金被掠夺到欧洲的时候，对欧洲的殖民者来说，非洲使他们获得暴利的就是奴隶的买卖。这是非洲历史上最为黑暗的一页，随着美洲大陆丰富的矿产资源不断被发现，随着甘蔗、烟草、棉花、蓝靛和水稻等种植园的迅速发展，奴隶船就像是城市里的马车一样，繁忙地穿梭于欧洲—非洲—美洲之间。这就是奴隶贸易中臭名昭著的三角航程，一艘艘满载着廉价货物的商船从欧洲启程，到非洲换成黑奴以后经大西洋来到美洲，用奴隶换取美洲殖民地的蔗糖、棉花和烟草等物，回到欧洲出售这些货物，然后用很少的钱买进廉价的货物，再次启程前往非洲。一次航程可以做三次暴利的买卖，在美洲殖民地卖出奴隶价格是在非洲买进价格的三十倍到五十倍之间。

欧洲的奴隶贩子雇有专职的医生，这些游手好闲的人遍布非洲的许多地方，他们像兽医检查牲口一样检查着奴隶的身体，凡是年龄在三十五岁以上，嘴唇、眼睛有缺陷，四肢残缺，牙齿脱落甚至头发灰白的均不收购。在四百多年的奴隶贸易中，那些年龄在十岁到三十五岁之间的男子和十岁到二十五岁的女子几乎都难逃此劫，殖民者掠夺了非洲整整四个多世纪的健康和强壮，只有老弱病残留在了自己的家园，于是非洲病入膏肓。许多地区的收成、畜群和手工业都遭受了悲惨的破坏和无情的摧毁，蔓延的饥荒和猎奴引起的部落间的战争此起彼伏，已往热闹的商路开始杂草丛生，昔日繁荣的城市变成了荒凉的村落。

这期间运往美洲的奴隶总数在一千五百万以上，而在猎奴战争中的大屠杀里死去的，从内地到沿海的长途跋涉中倒下的，大西洋航程里船上的大批死亡以及反抗中牺牲的奴隶总数，远远超过到达美洲的奴隶总数。奴隶贸易使非洲损失了一亿人口，也就是说得到一个奴隶就意味着会牺牲五到十个奴隶。就是最后终于登上了美洲大陆的幸存者，由于过重的劳动和恶劣的生活待遇，在到达后的第一年又会死去三分之一。

海上的航行就像是通往地狱的道路一样，航程漫长，风浪险恶，死亡率极高，曾经有五百人的奴隶船一夜之间就死去一百二十人。奴隶船几乎都超过负载限度，在黑暗的船舱里，那些身上烙下了标记的奴隶两个两个锁在一起，每人只有一席容身之地，饮食恶劣，连足够的水和空气也没有。天花、痢疾和眼炎是流行在奴隶船上的传染病，它们就像是大西洋凶恶的风浪一样，一次次袭击着船上手足无措的奴隶。眼炎的传染曾经使整整一船奴隶双目失明，在被日出照亮的甲板上，这些先是失去了自由，接着又失去了光明的奴隶，现在要失去生命了。他们无声无息地摸索着从船舱里走出来，在甲板上排成一队，奴隶贩子将他们一个一个地抛入大海。

在美洲印第安人悲惨的命运和非洲奴隶悲惨的命运之间，是欧洲殖民者的光荣与梦想。奴隶贸易刚开始的时候，荷兰因为其海上运输业的发达，被殖民者称为"海上马车夫"，在大西洋一边的美洲所有的港口，飘扬着荷兰国旗的贩奴船四处活动。英国人后来居上，虽然他们贩奴的历史比其他国家都要晚和短，可是他们凭借着海上的优势，使其"业绩"超过其他国家四倍。当奴隶贸易给非洲带来无休止的战争、蹂躏、抢劫和暴力，使非洲逐渐丧失其生产力和原有的物质文化之后，当美洲的印第安人被剿灭、被驱赶和被奴役之后，欧洲和已经成为白人家园的美洲迅速地繁荣起来了。这就是马克思所说的"资本主义时代的曙光"，在马克思眼中，"资本来到世间，从头到脚，每一个毛孔都滴着血和肮脏的东西"。

今天当人们热情地谈论着经济全球化和贸易自由化的时候，这个风靡世界各地的全球化浪潮，在我看来并不是第一次。第一次的全球化浪潮应该是五百年以前开始的，对美洲的征服、对亚洲的掠夺和对非洲的奴隶贸易。连接非洲、美洲和欧洲的奴隶贸易以及矿产和种植物的贸易，养育了以欧洲为中心的资本主义，随着东印度沦为英国的殖民地和后来鸦片战争在中国的爆发，亚洲也逐步加入到这样的浪潮之中。第一次全球化浪潮伴随着奴隶贸易经历了四百多年，进入二十世纪以后，两次世界大战和此后漫长的冷战时期，以及这中间席卷世界各地的革命浪潮，还有从不间断的种族冲突和利益冲突引起的局部战争，似乎告诉人们世界已经分化，然而正是在这样的分化时期，垄断资本和跨国资本迅猛地成长起来，当冷战结束，高科技时代来临，当人们再次迎接全球化浪潮的时候，虽然与第一次血淋淋的全球化浪潮截然不同，然而其掠夺的本质并没有改变，第二次全球化浪潮仍然是以欧洲人或者说是绝大多数欧洲人的美国为中心。

我并不是反对全球化，我反对的是美国化的全球化和跨国资本化的全球化。五百年前一船欧洲的廉价物品可以换取一船非洲的奴隶，现在一个波音的飞机翅膀可以在中国换取难以计算的棉花和粮食。全球化的经济不会带来全球平等的繁荣，贸易的自由化也不会带来公平的交易。这是因为少数人拥有了出价的权利，而绝大多数人连还价的权利都没有。当美国和欧洲的跨国资本进入第三世界的时候，并没有向这些国家和地区提供其核心的技术，他们只是为了掠夺那里的劳动力，这一点与当初的殖民者掠夺美洲和非洲的伎俩惊人地相似。就像当初的欧洲人把火器、铁器和酒带到美洲的印第安人中间，把欧洲的物资带到非洲一样，他们教会印第安人改穿纺织品制成的服装，教会非洲人如何使用他们的物品，当印第安人和非洲人沾染上这些新的嗜好的时候，却并没有学到满足这些嗜好的技术。于是非洲原有的生产力和物质文化被不同程度地摧毁，非洲可以用来与欧洲交换这些物资的只有他们的人口了，同胞互相残杀，部落战争不断，不仅没有保卫自己的非洲，反而促进了殖民者的奴隶贸易。在美洲的印第安人，只有森林里的皮毛财富可以换取这些自己不能制造的物品，于是印第安人的狩猎不再是单纯地为了获取食物，而且还要为换得白人的物品而打猎。印第安人的需求日益增加，他们的资源却不断减少，当欧洲的白人疯狂地拥入美洲定居以后，又导致森林里大量野兽的逃跑，使印第安人生活的手段几乎完全丧失，他们只能离开自己出生和埋葬着自己祖先的地区，因为继续生活在那里只能饿死，他们跟踪着大角鹿、野牛和河狸逃跑的足迹走去，这些野兽指引着他们去寻找新的家园。

在华盛顿的霍华德大学，我询问米勒教授的第二个问题是关于灵魂饭，这是黑人特有的料理，仅仅在词语上就深深地吸引了我。就像印第安人相信万物都有灵魂，非洲的黑人同样热情地讨论着灵魂，他们甚至能够分辨出灵魂的颜色，他们相信是和他们的皮肤一样的黑色。这是苦难和悲伤带来的信念，在华盛顿的一个黑人社区，阿娜卡斯蒂亚社区，我看到了一幅耶稣受难的画像，这个被绑在十字架上睁大了怜悯的眼睛的耶稣，并不是一个白人，他有着黑色的皮肤。

米勒告诉我，这样的料理具有浓郁的文化特征，是黑人在悲惨的奴隶贸易中自我意识的发展。灵魂饭的料理方式来自于非洲以及美国南方黑奴的文化根源，同时又是他们被奴役时缺乏营养的现实。米勒反复告诉我，一定要品尝两种灵魂饭，一种是红薯，另一种叫绿。当我们分手的时候，他再一次嘱咐我，别忘了红薯和绿。

我在阿娜卡斯蒂亚社区的一家著名的灵魂饭餐馆，第一次品尝了黑人的灵魂饭。可能是饮食习惯的问题，我觉得自己很难接受灵魂饭的料理方式，可是米勒教授推荐的红薯和绿，却让我终身难忘。那一道红薯是我吃到的红薯里最为香甜的，确切地说应该是红薯泥，热气蒸腾，将叉子伸进去搅拌的时候可以感受到红薯的细腻，尤其是它的甜，那种一下子就占满了口腔的甜，令人惊奇。另一道绿显然是腌制的蔬菜，剁碎之后的腌制，可是它却有着新鲜蔬菜的鲜美，而且它的颜色十分的翠绿，仿佛刚刚生长出来似的。

后来我在几个黑人家中做客时，都吃到了红薯和绿。在过去贫穷和被奴役的时代，黑人在新年和圣诞节时才可以吃到灵魂饭，现在它已经出现在黑人平时的餐桌上。然而灵魂饭自身的经历恰恰是黑人作为奴隶的历史，它的存在意味着历史的存在。欧洲人的压迫，事实上剥夺了非洲人后裔的人类权益，美国的绝大多数黑人现在连自己原来的祖国都不知道，他们不再讲自己祖先的语言，他们放弃了原来的宗教，忘记了非洲故乡的民情。于是这时候的灵魂饭，就像谢姆宾·乌斯曼的声音——

今天，奴隶船这种令人望而生畏和生离死别的幽灵已不再来缠磨我们非洲。

戴上镣铐的兄弟们的痛苦哀鸣也不会再来打破海岸炎热

的寂静。

但是，往日苦难时代的号哭与呻吟却永远回响在我们的心中。

这是漫长的痛苦，从非洲的大陆来到非洲的海岸，从大西洋的这一边来到了大西洋的那一边，从美国的东海岸又来到了美国的西海岸，黑人没有自由没有财产，他们只有奴隶的身份。《解放宣言》之后，又是漫长的种族隔离和歧视，黑人不能和白人去同样的医院；黑人不能和白人去同样的学校；黑人不能和白人坐在同样的位置上。他们的厕所和他们的候车室都与白人的隔离，在汽车上和船上，黑人只能站在最后面；只有在火车上，黑人才可以坐在最前面的车厢里，这是因为前面的车厢里飘满了火车的煤烟。

一位黑人朋友告诉我："我们的痛苦是我们生活的一部分。"一位黑人学者在谈到奴隶贸易的时候，向我强调了印第安人的命运，他认为正是印第安人部落的不断消失（了解地理状况的印第安人知道如何逃跑），使欧洲的殖民者源源不断地运来非洲的奴隶，非洲的奴隶不熟悉美洲的地理，他们很难逃跑，只能接受悲惨的命运。

在美洲大陆的深渊里，黑人被奴役到了不能再奴役的地步，而印第安人被驱赶之后又被放任自由到极限。放任自由对印第安人造成的伤害，其实和奴役对黑人造成的伤害一样惨重。当成群结队的印第安人被迫离开家园，沿着野兽的足迹找到新的家园时，早已有其他的部落安扎在那里了，资源的缺乏使他们对新来者只能怀有敌意，背井离乡的印第安人前面是战争后面是饥荒，他们只能化整为零，每一个人都单独去寻找生活的手段，本来就已经削弱了的社会纽带，这时候完全断裂了。阿历克西·德·托克维尔在他著名的《论美国的民主》一书中，有一段这样的描述：

> 一八三一年，我来到密西西比河左岸一个欧洲人称为孟菲斯的地方。我在这里停留期间，来了一大群巧克陶部人。路易斯安那的法裔美国人称他们为夏克塔部。这些野蛮人离开自己的故土，想到密西西比河右岸去。自以为在那里可以找到一处美国政府能够准许他们栖身的地方。当时正值隆冬，而且这一年奇寒得反常。雪在地面上凝成一层硬壳，河里漂浮着巨冰。印第安人的首领带领着他们的家属，后面跟着一批老弱病残，其中有刚刚出生的婴儿，又有行将就木的老人。他们既没有帐篷，又没有车辆，而只有一点口粮和简陋的武器。我看见了他们上船渡过这条大河的情景，而且永远不会忘记那个严肃的场面。在那密密麻麻的人群中，既没有人哭喊，又没有人抽泣，人人都是一声不语。他们的苦难由来已久，他们感到无法摆脱苦难。他们已经登上运载他们的那条大船，而他们的狗仍留在岸上。当这些动物发现它们的主人将永远

离开它们的时候,便一起狂吠起来,随即跳进浮着冰块的密西西比河里,跟着主人的船泅水过河。

托克维尔提到的孟菲斯,是美国田纳西州的孟菲斯。我最早是在威廉·福克纳的书中知道孟菲斯,我还知道这是离福克纳家乡奥克斯福最近的城市。威廉·福克纳生前的很多个夜晚都是在孟菲斯的酒馆里度过的,这个叼着烟斗的南方人喜欢在傍晚来临的时候,开上他的老爷车走上一条寂静的道路,一条被树木遮盖了密西西比和田纳西广阔的风景的道路,在孟菲斯的酒馆里一醉方休。接着我又知道了一个名叫埃尔维斯·普雷斯利的卡车司机,在孟菲斯开始了他辉煌的演唱生涯,这个叫猫王的白人歌手让黑人的布鲁斯音乐响遍世界的各个角落,而他又神秘地在孟菲斯结束了自己的一生。最后我知道的孟菲斯是一九六八年四月四日的一个罪恶的黄昏,在一家名叫洛兰的汽车旅馆里,一个黑人用过晚餐之后走到阳台上,一颗白人的子弹永远地击倒了他。这个黑人名叫马丁·路德·金。

出于对威廉·福克纳的喜爱,我在美国的一个月的行程里,有三天安排在奥克斯福。这三天的每一个晚上,我和一位叫吴正康的朋友都要驱车前往孟菲斯,在那里吃晚餐,这是对福克纳生前嗜好的蹩脚的模仿。

孟菲斯有着一条属于猫王的街道,街道上的每一家商店和酒吧都挂满了猫王的照片，那些猫王在孟菲斯开始演唱生涯的照片，年轻的猫王在照片里与孟菲斯昔日的崇拜者勾肩搭背，喜笑颜开。一辆辆旅行车将世界各地的游客拉到了这里，使猫王的街道人流不息，到了晚上这里立刻灯红酒绿，不同的语言在同一家酒吧里高谈阔论。人们来到这里，不是因为威廉·福克纳曾经在这里醉话连篇，也不是因为马丁·路德·金在这里遇害身亡，他们是要来看看猫王生前的足迹，或者购买一些猫王的纪念品，他们排着队与猫王的雕像合影。

离开了猫王的街道，孟菲斯让我看到了另外的景象，一个仿佛被遗忘了似的冷清的城市。在其他的那些街道上，当我们迷路的时候，发现没有行人可以询问。我们开着车在孟菲斯到处乱转，在黄昏时候的一个街角，我看到一个上了年纪的黑人坐在门廊的椅子里，他身体前倾，双手放在自己的膝盖上，当我们的汽车经过时，他看到了我们，他的脸上毫无表情。因为迷路，我们在孟菲斯转了一圈后，又一次从这个黑人的眼前驶过，我注意到他还是那样坐着。直到第三次迷路来到他的跟前时，我看到一个黑人姑娘开着车迎面而来，她在车里就开始招手，我看到那个上了年纪的黑人站了起来，仿佛春天来到了他的脸上，他欢笑了。

在来到密西西比的奥克斯福之前，我和很多人谈论过威廉·福克纳，我的感受是每一个人的立场都决定了他阅读文学作品的方向。被我问到的黑人，几乎是用同一种语气指责威廉·福克纳——他是一个种族主义者。另外一些白人学者则是完全不同的态度，他们希望我注意到威廉·福克纳生活的时代，那是一个种族主义的时代。白人学者告诉我，如果用今天的标准来评判威廉·福克纳，他可能是一个种族主义者；可是用他生活的那个时代的标准，那么他就不是种族主义者。在新墨西哥州，一位印第安作家更是用激烈的语气告诉我，威廉·福克纳在作品中对印第安人的描写，是在辱骂印第安人。霍华德大学的米勒教授，是我遇到的黑人里对威廉·福克纳态度最温和的一位。他说尽管威廉·福克纳有问题，可他仍然是最重要的作家。米勒告诉我，作为一名黑人学者，他必须关心艺术和政治的问题，他说一个故事可以很好，但是因为政治的原因他会不喜欢这个故事的内容。米勒提醒我，别忘了威廉·福克纳生活在三十年代的南方，他本质上就是一个南方的白人。米勒也像那些白人学者一样提到了威廉·福克纳的生活背景，可是他的用意和白人学者恰好相反。米勒最后说："喜欢讨论他，不喜欢阅读他。"

这样的思想和情感源远流长，因奴隶贸易来到美国的黑人和在美国失去家园的印第安人，他们有着完全自己的、其他民族无法进入的思维和内心。虽然威廉·福克纳在作品中表达了对黑人和印第安人的同情与怜悯，可是对苦难由来已久的人来说，同情和怜悯仅仅是装饰品，他们需要的是和自己一起经历了苦难的思想和感受，而不是旁观者同情的叹息。

虽然在今天的美国，种族主义仍然是一个严重的社会问题，可是它毕竟已经是臭名昭著了，这是奴役之后的反抗带来的，我的意思是说，这是黑人不懈的流血牺牲的斗争换来的，而不是白人的施舍。而当初被欧洲殖民者放任自由的印第安人，他们的命运从一开始就和黑人的命运分道而行，最后他们仍然和黑人拥有不同的命运。这是一个悲惨的现实，对黑人残酷的奴役必然带来黑人激烈的抗争；可是当印第安人被放任自由的时候，其实已经被剥夺抗争的机会和权利。

我在新墨西哥州的印第安人的营地，访问过一个家庭，在极其简陋的屋子里，主人和他的两个孩子迎接了我。这位印第安人从冰箱里拿出两根冰棍，递给他的两个孩子后，开始和我交谈起来。他指着冰箱和洗衣机对我说，电来了以后这些东西就来了，可是账单也来了。他神情凄凉，他说他负担这些账单很困难。他说他的妻子丢下他和两个孩子走了，因为这里太贫穷。尽管这样，他仍然不愿意责备自己的妻子，他说她是一个非常好的女人，因为她还年轻，所以她应该去山下的城市生活。

在圣塔菲，一位印第安艺术家悲哀地告诉我：美国是一个黑和白的国家。她说美国的问题就是黑人和白人的问题，美国已经没有印第安人的问题了，因为美国已经忘记印第安人了。这就是这块土地上最古老的居民的今天。一九六三年，黑人民权领袖马丁·路德·金在华盛顿发表了感人肺腑的演说——《我有一个梦想》。

其中的一个梦想是"昔日奴隶的子孙和昔日奴隶主的子孙同席而坐，亲如手足"。可是在马丁·路德·金梦想中的友善的桌前，印第安人应该坐在哪一端？

二〇〇一年二月十日

韩国的眼睛

在刚刚过去的那个世纪,在很多年以前,一个不为人们所知的普通人,确切地说是一个工人,在汉城的繁华之地引火自焚。他在临死之时表达了感人肺腑的遗憾,他为自己没有获得更多的教育而遗憾,他说他多么希望有一个大学生的朋友,一个学习法律的大学生,来帮助他们工人用法律保护自己的权利。

这个朴实无华的人点燃的自焚之火,此后再也没有熄灭。韩国的知识分子和大学生们,他们在政府提供的较好待遇下平静地生活了很多年,因为这个普通工人的死,他们开始扪心自问:什么才是人民的权利?什么才是民族的前途?这个工人焚烧自己生命的烈火,蔓延到了无数韩国人的心里,点燃了他们的自尊和他们的愤怒。于是这个热爱歌舞的民族开始展示其刚烈的性格,从光州起义到席卷整个八十年代的学生运动,人民一点一点地从政治家的手中要回了自己的命运。

这时候我正在中国度过自己的青年时期,从报纸上和黑白的电视里，我点点滴滴地了解到了这些。当一个又一个与我年龄相仿的韩国青年，或者引火自焚或者坠楼而死，以自己血肉之躯的毁灭来抗议独裁政治，我一次又一次地感受着什么叫震惊：想想自己此刻的年龄；想想自己刚刚走上人生的道路，此后漫长的经历正在期待着自己；想想自己每天都在生长出来的幻想，这样的幻想正在为自己描述着美丽的未来。我知道那些奔赴死亡的韩国同龄人也是同样如此，可是他们毅然决然地终止了自己的生命，终止了更为宝贵的人生体验和无数绚烂的愿望。他们以激烈的方式死去，表达了他们对现实深深的绝望，同时他们的死也成为了经久不衰的喊叫，他们的声音回荡在他们同胞的耳边，要他们的同胞永远醒着，不要睡着。

当我步入三十岁以后，韩国开始以另外一种形象来到中国，一个亚洲四小龙之一的形象，一个在经济上高速发展的富有的形象，虽然中间渗入了百货大楼和汉江大桥倒塌的阴影，可是这样的阴影仅仅停留在韩国人自己的内心深处，对中国人来说就像是一张漂亮的脸上留下的几颗雀斑，并不影响韩国美好的形象。此刻的中国历经政治的磨难之后，人们开始厌倦政治，开始表达出对经济发展的空前热情，这个时候的中国已经不想看到光州起义的韩国和学生运动的韩国，时代的眼光往往就是购物者的眼光，需要什么才会看见什么，这个时候的中国想看到一个经济上出现奇迹的韩国，想在韩国的发展里看到有益于自身的经验。中国的很多企业家迷上了韩国大集团的运营模式，他们以为扩张就是发展，他们急急忙忙地登上了飞机，飞向韩国一边旅游一边考察。

接下去的韩国的形象，是一个在亚洲金融风暴中脆弱的形象。此前对韩国经济模式一片盛赞的中国媒体，出现了一片否定和批评的声音，在报纸上和电视里有关韩国的报道，都是公司的倒闭和银行的坏账，还有经济的负增长和失业率的持续上升。当韩元一路暴跌的时候，中国人不由暗自庆幸自己的货币还没有和美元直接挂钩。这个时候在中国，一个名叫"泡沫"的词语风行起来，而在这个词语的后面时常会紧跟着另外一个词语——韩国。而在此刻的韩国，我的韩国朋友告诉我，当人们互相见面时出现了幽默的寒暄："你还活着？"然后是："恭喜，恭喜。"

在拥有许多有关韩国的记忆和传闻之后，去年的六月我第一次来到了韩国，这个伸向海洋的半岛，这个几乎被山林覆盖的国家。当我走出汉城的机场，第一个印象就是亚洲国家城市的那种特有的印象——杂乱的繁荣。行人和车辆川流不息，喧哗声不绝于耳。我猜想这是城市没有节制地发展所带来的景象。当我了解到汉城有一千多万人口，釜山有八百多万，而光州这样的城市也都在四百万以上，我心想韩国的四千多万人口究竟还有多少住在城市以外的地方？这让我联想到了亚洲金融风暴中韩国的命运，城市的扩张似乎表达了韩国经济的扩张，而城市的命运也似乎决定了韩国的命运。

我来到韩国，我想寻找光州起义的韩国和学生运动的韩国，这是韩国留给我最初的印象，也是我青年时期成长的记忆。在汉城，也在釜山和光州，我看到了繁荣的面纱，它遮住了过去的血迹和今天的泪水。到处都是光亮的高楼和繁华的商场，人们衣着入时笑容满面；在夜晚霓虹灯闪烁的街道上，都是人满为患的饭店和酒吧，还有快乐的醉鬼迎面走来。我无法辨认出八十年代革命的韩国，就是金融风暴中脆弱的韩国也没有了踪影。我意识到繁荣会改变人的灵魂，这是可怕的改变，它就像是一个美梦，诱惑着人们的思想和情感，它让人们相信了虚假，并且去怀疑真实。就像是充斥在韩国电视里的肥皂剧和大街上的流行歌曲一样，告诉你的都是别人的美好生活，而不是你自己的生活。那些贴上了大众文化标签的商品——它们是商品而不是艺术，其实从一开始就远离了大众，它们就像商店里出售的墨镜一样，让大众看不清现实的容貌。

可是韩国又让我看到了金敏基的音乐剧和全仁权的歌唱，这是难以忘怀的体验。在汉城的一个像纽约百老汇一样的地方，一个有着很多剧场的充满了商业气息的地方，那里的街道上贴满了各种演出的广告招贴，这些招贴都是蛮不讲理地贴在另外的招贴上面，这让我想起来中国"文化大革命"时期贴满街道的大字报。就是在那里我看到了金敏基的《地铁一号线》，我深深地感动了，这部由一支摇滚乐队伴奏出来的音乐剧，表达的是真正意义上的大众的命运。

然后我又在延世大学的露天广场上看到了全仁权的演唱,这是一场历时两天的摇滚音乐的演出,或者说是韩国摇滚音乐的展览会,几乎所有的摇滚歌手都登台亮相,而最后出场的就是全仁权的野菊花乐队,我听不懂他的歌词,但是我听懂了他的音乐,他的演唱让我听到了韩国的激情和韩国的温柔。我感到欣喜的是,这些激动人心的作品在韩国有着深入人心的力量。当我看到《地铁一号线》的时候,它的演出已经超过一千场,可是剧院里仍然坐满了观众,而且每一位观众都被台上的演出感染着,他们不时发出会心的欢笑,另外的时候又在寂静无声中品尝着什么是感动。而全仁权的演出则让我看到了近似疯狂的景象,当这个像搬运工人似的歌手出现在舞台上时,年轻的观众立刻涌向了我座位前面的空地,我只能站到椅子上看完演出,当时全场的观众都已经站立起来,跟随着舞台上全仁权笨拙的身体一起摇摆,一起歌唱。这是我在汉城的美好经历,它们不是自诩大众文化,其实是在制造假象的肥皂剧;也有别于宣称与大众为敌,沉醉在孤芳自赏中的所谓现代主义;这是真正意义上的大众的艺术,因为它来自于大众,又归还给大众,这样的艺术终于让我看清了韩国真实的容貌。

我曾经看到过光州起义死难烈士的图片,在那些留下斑斑血迹的脸上,在那些生命已经消失的脸上,我看到了他们微微睁开着的眼睛，这是瞳孔放大目光散失以后的眼睛，他们的眼睛仿佛是燃烧的烈火突然熄灭的那一瞬间，宁静的后面有着不可思议的忧郁，迷茫的后面有着难以言传的坚定。在我所看到的图片里，光州起义死难者的眼睛没有一个是闭上的，他们淡然地看着我，让我感到战栗，然后我把他们的眼睛理解成是韩国的眼睛。

在韩国短暂的日子里，我的感受仿佛被一把锋利的刀切成了两半。一方面是来自韩国城市繁华的白昼和灯红酒绿的夜晚，如同海水一样淹没了我的感受，这一切就像是虚假的爱情。另一方面又让我感受到在平静的海面下有着汹涌的激流。在汉城的圣公会大学，我看到了一个光州起义和学生运动的纪念室，这是我的朋友白元淡和她的同事们布置的。当西装革履的青林出版社总编辑金学元和他贤惠的太太站在我面前时，我很难设想他们当初都是反对独裁政治的革命者，他们都经受了坐牢的折磨和被拷打的痛苦。在光州起义的烈士陵墓，在一位死去的学生的墓前，我看到在一个玻璃罩里放着还没有完成的作业，还有他的同学现在写给他的信。也是在光州，金学元介绍我认识了金玄装，这个在韩国很多人心目中的民族英雄，当年焚烧了美国在釜山的文化院，金玄装点燃的这一把火，使很多韩国人突然明白过来——美国不是他们的朋友。金玄装此后在监狱里度过了数不清的黑夜和白天，他几次差一点就被处死，他能够活到今天只能说是命运的奇迹。那天晚上，我们坐在金玄装家中的地板上，我听着他和金学元滔滔不绝地说着什么，我听不懂他们的话，但我知道他们是在回忆过去，我看到他们两个人的脸上神采飞扬。

我很喜欢韩国的诗人金正焕，虽然我们之间有着语言的障碍，可我时常觉得他是我童年的伙伴，我们仿佛一起长大。他写下了大量优秀的诗篇，还有两册厚厚的关于音乐的书籍，了不起的是他的作品都是在睡眠不足的情况下完成的。他脸上时常挂着宽厚的微笑，他的眼睛永远是红肿着，他谈吐幽默，只要他一出现，他周围的人就会不时地爆发出笑声。现在他仍然保持着当初革命时期的习惯，当他实在太累的时候，他就会走进地铁，找一个空座位斜躺下来，在地铁飞速的前进和不断的刹车里睡上一两个小时。

在汉城的很多个晚上，我跟随着金正焕到处游荡。我们在黎明来到的汉城街头挥手告别，可是当夜幕再度降临汉城后，我们的游荡又开始了。金正焕经常带我去一家小酒吧，我没有记住这家酒吧的名字，但是我难忘酒吧的格局和气氛，就像是一个家庭似的朴素和拥挤。我的朋友崔容晚告诉我，在八十年代这里是文化界革命者聚集的地方。里面整整一墙都是古典音乐的CD，这是金正焕欠债的标志，他无力偿还这里的酒钱后，就将家中的CD搬到这里付账。可是他又时常取下这里的CD送给他的朋友，在我们分别的时候，金正焕找出了两张唱片送给了我。

这家酒吧的老板娘给我留下了深刻的印象，她时常安静地坐在一旁，手中夹着一支香烟，任凭她的顾客自己去打开冰箱取酒，或者寻找其他的什么。她的眼睛出奇地安详，仿佛她对什么都是无动无衷，可是又让人觉得里面深不可测。当她坐到我们中间，当她微笑着开口说话时，我注意到她的眼睛仍然是那么的平静。我可以想象在八十年代的时候，当那些一半是革命者一半是疯子的诗人和艺术家在街头和警察冲突完了之后，来到这里打开酒瓶豪饮到黎明，然后欠下一屁股的酒债醉醺醺地离去时，她也是这样安静地看着他们。我心想这就是韩国的眼睛。

去年的十月，我第二次来到了韩国，这一次飞机是在夜色中降落在釜山机场。飞机下降的时候，我看到了釜山的夜景，这座建立在山坡上的城市使它的灯火像波浪一样起伏，釜山的灯火有着各不相同的颜色，黄色、白色和蓝色还有红色交错在一起，仿佛万花齐放似的组成了人间的美景。这样的美景似乎是吸食了大麻以后看到的美景，就像是繁荣以后带来的美景一样，它们的美都是因为掩盖了更多的现实才得以浮现出来。无论是韩国，还是中国，人们有时候需要虚假的美景，只要人们昏睡不醒，那么美梦就永远不会破灭。当韩国的肥皂剧在中国的电视上广受欢迎的时候，当安在旭在北京工人体育场的演唱会大获成功的时候，韩国的大麻已经和中国的大麻汇合了。与此同时，那个用歌声让人们清醒的全仁权，因为吸食了大麻第三次从监狱里走出来，我想他很可能会第四次步入监狱的大门。因为歌声的大麻是合法的，而吸食大麻是违法的，我知道这是韩国的现实，但我相信这不是韩国的眼睛。

二〇〇一年一月十二日

奢侈的厕所

在最近的十来年里,厕所的奢侈之风悄然兴起,我说的悄然,不是指遮人耳目的隐蔽的行为,恰恰相反,厕所变得越来越体面的过程是公开的和显而易见的,与建造一家豪华的饭店一样,厕所的改造和兴建也必须依赖于建筑工人,只不过工人的人数被减少,使用的工具简单而已,问题是很多人对厕所的日新月异视而不见,我想,这里面涉及到了厕所的地位,涉及到了人们对它的态度。在中国大陆,厕所的地位一直以来都是卑下的,人们需要它可又瞧不起它,因为那是屙屎撒尿的地方,换句话说那是排泄的场所,排泄可能是人身上最不值得炫耀的事了,人们经常赞美头发、眼睛、洁白的牙齿,赞美胃口好,赞美肺活量大,还有心跳坚强有力,可是说到排泄,人们就一声不吭了,正是这约定俗成的沉默和回避,使人们疏忽了厕所的变化,看不见它奢侈起来的外表,就像是一位丑陋的女人那样,穿上再漂亮的衣服走到街上,也不会引人注目。

然而最终人们还是发现了，自然这发现是取消了过程的发现，人们在某一时刻意识到厕所原有的形象突然没有了，它不再是设置在路边或者胡同深处的简陋低矮的建筑，不再是墙壁斑驳和瓦片残缺，还有门窗变形的建筑，厕所一下子变成了西洋式的别墅、中国式的庙宇，还有其他形形色色的。在短短十来年时间里，中国大陆的厕所显示出了强烈的欲望，只要这个世界上存在的建筑形式，它们都在极力地表达出来。于是在最初的时候，在人们没有反应过来的时候，人们站在大街上愁眉不展，他们突然感到厕所一下子变得很难找到了，其实那时候厕所就在他们身后，因为厕所的建筑显得豪华和气派，使他们就是看到了也不会认为这就是厕所。还有当人们来到公园，来到某一个游览胜地，常常会看到一座十分漂亮的房屋，房屋前面还有一大块草坪，对于那些住在狭窄的胡同、低矮拥挤的房屋里的大多数中国人来说，自然会有照相留影的欲望，他们站在草坪上，整座房屋是背景，草坪也要照进去，这一时刻人们表达了对美好生活的向往，在照相机快门按下的一瞬间，他们幸福地成为了身后漂亮的房屋以及草坪的主人，然后他们才发现身后的房屋其实是厕所。

奢侈起来的厕所意味着什么？首先它向人们提供了就业和消费的机会。厕所简陋的形象得到改变，是因为厕所不再像过去那样无偿地为人们服务，它不再是路边的或者胡同深处无人照管的破烂建筑，它变得十分体面了，同时它开始收费了。人们发现厕所内部的格局有了变化，在"男士"和"女士"之间出现了一扇窗户，窗户里坐着一位这类最新职业的受益者，他或者她，像是出卖戏票似的出卖着一张一张裁剪过的卫生纸，准备方便自己的人们手持着卫生纸在窗户的两侧鱼贯而入。

在南方一些城市里，人们发现一个改造过的厕所里存在着一个家庭，在那些十分有限的空间里，床、柜子什么的应有尽有，一对夫妻在里面轮流着收费，他们的孩子到了上学的年龄后也和别人家的孩子一样背上了书包。

应该说，厕所奢侈之后迅速形成的这一新的职业，以及这一职业在一些地方开始趋向家庭化，是社会重新分配的结果，从事这一新职业的，基本上是城市的无业者和放弃了田地的农民，他们愿意从事这样的职业，一方面可能是生活所迫，另一方面也证明了这一职业自身的吸引力以及不错的前景。

毕竟，在中国人的观念里，这一职业实在不够体面，从而至今还没有一个准确的名称，说他们是环卫工人显然没有理由，那么厕所管理员？可是有多少人愿意在自己职业的名称前面加上厕所两个字呢？他们从事的职业可以说是所有的人都不愿意从事的，他们是不是社会福利工作者？遗憾的是他们工作的性质恰恰是取消了福利，厕所作为国家与社会的财产，一直以来都是无偿地向人们提供服务，现在他们成为了就业者，他们向走来的人伸出了手，他们不仅养活了自己，还养活了一个家庭，并且在银行里拥有了自己的存款。

厕所奢侈之后造就出来这一新的职业，这一新的职业又迅速覆盖过去，人们注意到不仅奢侈了的厕所开始收费，就是那些仍然陈旧的厕所也收费了，这个事实的来到意味着无偿时代终结了，社会原有的一些福利事业转换成有偿的商业行为，是一个时代对另一个时代的挑衅，前者正在告诉后者：在今天这个时代里，没有福利，也没有义务，只有买和卖。同时也意味着价值观念的彻底改变，自尊与高尚的含义究竟是什么？今天的人在面临饥饿与卑贱时，他们肯定会去选择卑贱，因为这才是真正的自尊，在今天，一切能够挽救饥饿的行为都是高尚的。

从事厕所收费工作的人也是国家的雇员，在中国大陆，起码是现在，公共场所的厕所没有一个是私人财产，都是国家所拥有，他们都为国家工作，同时也为自己谋取一份收入，当然他们不是注册的国家工作人员，在专管国家职员的人事部门也找不到他们的档案，他们是新体制的产物，同时又生活在旧体制的边缘上，恰恰是这些人向我们展示了今后社会的人际关系，他们将人和人的关系单纯到了一张卫生纸和两角钱的交换。

厕所提供了新的职业以后，让那些离家在外又必须上厕所的人们突然意识到一种新的消费行为，排泄也成为了消费，这是绝大多数中国人都感到陌生的事物，对于他们来说，上厕所的行为与去商场购物或者去饭店进餐是截然不同的，后者使自己增加了一些什么，而且这增加的什么又是必需的，是自己想要得到的，可是上厕所就不会得到任何必需品，更不会得到奢侈品了，上厕所的行为恰恰相反，它不是为了得到什么，而是去丢掉一些什么，丢掉那些已经毫无用处的，并且成为自己负担的东西，显然，这些东西是必须丢掉的。

因此，对于中国人来说上厕所其实就像是倒掉垃圾，起码和倒掉垃圾是等同的行为。现在，奢侈起来的厕所向人们伸出了手，告诉人们就是扔掉不想要的东西时，也应该立刻付钱。不仅得到什么时要付出，就是丢掉什么时也同样要付出。

这是新的行为准则，也是现代社会对人的自我越来越扩张后的一个小小的限制行为，对于中国人显然是有益的，因为我们至今还没有完全明白这样的道理，就是自己不想要的东西也是不可以随便扔掉的。就像随地吐痰一样，绝大多数的在大陆的中国人还保持着这样的习惯。

应该说，厕所的历史表达了人类如何自我掩盖的历史，使厕所成为建筑物，并且将"男士"与"女士"一分为二，是人类羞耻感前进时的重要步伐，人们就是从那时开始知道什么应该隐藏起来，什么时候应该转过身去。与此同时，人们也对生理的行为进行了价值判断，进食与排泄，对于生命来说是同等重要，可是在人们的观念中却成为了两个意义截然相反的事实，前者是美好的，而后者却是丑陋的，这是让生理的行为自己去承担各自在道义上的责任，其结果是人们可以接受拿着面包在街上边吃边走的事实，却无法容忍在大街上排泄着行走。

正是这样，上厕所的行为便作为了个人隐私的一部分，它是不公开的行为，是悄然进行中的行为。然而厕所一旦变得奢侈之后，也就使上厕所成为了公开化的行为，因为它进入了消费的行列，确立了自主的买卖关系。这样一来，使上厕所这个传统意义上的隐秘行为也进入了现代社会仪式化的过程，不管人们的膀胱如何胀疼，上厕所之前必须履行一道手续，就像揭幕仪式上的剪彩或者凭票入场那样，上厕所的行为不再是一气呵成了，它必须中断，必须停顿一下，履行完一道手续之后才能继续下去。

这里的中断和停顿，使上厕所的行为突然显得重要起来，人们注意到自己是在消费，是在做一件事，是在完成着什么，而不是随便吐了一口痰，丢掉一张废纸，甚至都不是在上厕所了。一句话，行为过程中的停顿恰恰是对行为的再次强调，停顿就是仪式，而进行中的仪式往往使本质的行为显得含糊不清，就像送葬的仪式或者是结婚的仪式，人们关注的是其严格的程序，是否隆重，是否奢侈，而人们是否真正在悲哀，或者真正在欢乐，就显得并不重要了。奢侈的厕所使人们在心里强调了厕所的重要以后，又让人们遗忘了自己正在厕所中的行为。当一个人从外形气派，里面也装饰得不错的厕所里出来时，他会觉得自己没有去过厕所。

因此从根本上来说，厕所逐渐奢侈起来是商业行为延伸和扩张之后的结果，也就是说这些在建筑形式上推陈出新的厕所不是为了向人们提供美感，虽然它们顺便也提供了美感，同时它们更多地提供了意外，总之它们提供的只是形式，而得到的则是实质，人们向它们提供了纸币和硬币，这正是厕所奢侈起来的唯一前提。毕竟它们不是油画中的静物，而且街道与胡同也不是画廊。就像世界公园、民族村之类的建筑，这些微缩景观真正引人注目的不是建筑本身，而是游客接踵而至时的拥挤情景。

厕所在建筑上越来越出其不意，倒是这个时代崇尚快感，追求昙花一现的表达，它和同样迅速奢侈起来的饭店以及度假村之类的建筑共同告诉人们：在这个时代里，一个行为刚开始就已经完成了，一句话刚说出就已经过时。

这些本来是最为卑贱的建筑突然变得高贵起来，而这一切似乎是在一夜之间完成的。今天，人们经常看到在一些陈旧的住宅区里，厕所显得气派和醒目。在那里，人们居住的房屋，人们行走的街道显得破旧和狭窄，从远处看去就像是一堆灰尘那样，倒是厕所以明亮的色彩和体面的姿态站在中间，仿佛是一览众山小。起码是在建筑上，厕所有足够的理由傲视着这些灰暗的风尘仆仆的住宅。

这里面出现了一个完全颠倒了的事实，那就是应该体面和气派起来的住宅仍然摆脱不了破旧的命运，而本来就是破旧的厕所却是迅速地奢侈起来了。住宅对于所有的人来说意味着一个家的存在，是温暖和生活的象征，是人们追求幸福和品尝隐私时的安全之地，一句话，是人们赞美时的对象和歌颂时的题材。而厕所对于人们又是什么呢？厕所只是人们匆匆去完成的一个生理上的排泄过程，没有人愿意在里面延长这个过程，哪怕是几分钟，而且谁也不会对这个过程去夸夸其谈。相反，人们更愿意去掩饰它，越来越文明的人在上厕所的时候不再提及"厕所"这个词汇了，而是说去卫生间，或者说去盥洗室。当一个人在垃圾里排泄什么时，不会有多少人去指责，人们只是觉得他不过是在垃圾之上再增加一些垃圾而已，如果他将这种排泄行为移到豪华饭店的大堂上，那么他就会遇到使他倒霉的麻烦。这里面似乎说明了厕所自身的悲剧，虽然它在建筑上越来越奢侈，可是在人们的日常生活里，在人们的思维方式中，它始终是卑贱的，厕所永远是厕所，就像人们常说的：狗改不了吃屎。

然而厕所迅速变化的事实，起码是在和人们的住宅比较时呈现的事实，会让人们想到一九四九年时的土地改革，穷人翻身成为了主人。此外它还引出了另外一个事实，那就是在这最近的十多年时间里，社会最底层的人，比如无业者，比如刑满释放者，和其他很多失去了工作机会的人，他们迅速暴发起来，这些人曾经被社会拒绝、被人们鄙视，可是在今天成为了人们羡慕的对象，他们不再被认为是二流子了，他们在社会上获得了体面的身份。奢侈起来的厕所似乎也同样如此，它们和那些暴发户一起，共同证明了毛泽东说过的一句话,毛泽东说:卑贱者最聪明,高贵者最愚蠢。

奢侈起来的厕所,以及那些还没有奢侈起来也开始收费的厕所,逐渐地终结了一段历史,那就是在过去几十年里,在公共厕所里集合起来的色情描写正在消失,一方面是建筑上的新陈代谢,另一方面是这个时代对性事物的热衷开始公开化。

而在过去,其实也就是昨天,那些破烂的厕所也是隐蔽之处,人们在那里进行排泄的同时,就用空闲下来的手在墙上书写色情的文字和图案。

那时候厕所就像是白纸一样引诱着人们书写的欲望,那些低矮简陋的建筑里涂满了文字,这些文字是用粉笔、钢笔、铅笔、圆珠笔写出来的,还有石灰、砖瓦,甚至刀子什么的,一切能在墙上留下字迹的手段都用上了,不同的字体交叉重叠在一起,然后指向一个共同的含义,就是性。除了文字以外,还有图案,在过去的几十年里,男女生殖器变形以后潦草的图案,可以说覆盖了所有公共场合的厕所。

书写在厕所墙壁上的有关性与交媾的文字,极大多数与那些图案一样直截了当,它们都是赤裸裸地表达着对性的激动和对交媾的渴望,这些文字在叙述上使用的都是同一种方式,开门见山和直奔主题,而且用词简练有力,如同早泄似的寥寥数语就完成了全部过程。这里面所表现出来的急迫,不仅仅只是欲望的焦躁不安，更多是暴力，在长时间的性的压抑以后，对交媾的渴望里便出现了暴力的倾向，不管用的是铅笔还是刀子，厕所里的书写者在进行书写时其实是在进行着不被认可的，单方面的暴力行为，就像是正在施行一次强奸。

如此众多的人所参与的有关性的文字书写，又被同样众多的厕所表达出来，应该说这是任何时代都望尘莫及的，在这里，性被公开了，性不再是个人隐私，性成为了集体的行为，而且是整齐的、单纯的、训练有素的集体行为。这种大规模的性的书写，其实是对一个时代的抗议之声。在那个刚刚过去的时代里，人们经受着空前的压抑，异性之间的交往基本上是在胆战心惊中进行，唯一的保障就是婚姻，而婚姻又被推迟了，严厉的晚婚制度使绝大多数男女青年必须长时间地克制自己，婚姻之外和婚姻之前的性的行为都被认为是罪恶，监狱的大门为此而打开。

这是来自一个时代的禁欲，它和政治的禁欲遥相呼应，或者说性的压抑正是政治上压抑时的生理反应，而涂满了厕所墙壁的色情，是正常生活丧失之后的本能的挣扎。在当时，所有的人穿着同样颜色的衣服，说着同样的话，看不到裙子，听不到有关相爱的话，更不用说谈论性了，那个时候"性"作为一个字已经不存在了，它只有和别的字组成词汇时才会出现，只能混在"性格"、"性别"和"阶级性"这样的词汇之中。

因此书写在厕所里那些有关性的文字和性的图案，在当时是作为解放者来到的,它的来到使人们越来越困难的呼吸多少获得了一些平静,它使人们得到了放松的机会,无论是生理上的,还是来自精神上的,总之它使一个窒息的时代出现了发泄之孔。与此同时,这些以性的身份来到的解放者又是极端的功利,它没有抚摸,没有亲吻,它去掉一切可以使性成为美好的事物,直接就是交媾。

一九九五年 一月二日

一个国家，两个世界

如果从伦理道德和处世哲学的角度来探讨中国这六十年的社会变迁，那么家庭价值观的衰落和个人主义的兴起可以作为一条历史的分界线，显现出同一个国度里的两个截然不同的世界。

过去时代的中国，个人在社会生活中是没有空间的，如果个人想要表达自我诉求，唯一的方式就是投身到集体的运动之中，比如"大跃进"和"文革"。值得注意的是，在这些轰轰烈烈的集体运动中，个人的自我诉求必须和当时的社会准则或者说是政治标准完全一致，稍有偏差就会引来麻烦和厄运。用当时流行的比喻，我们每个人都是一滴水，汇集到社会主义的大江大河之中。

在那个时代，个人只能在家庭中拥有其真正的空间。也就是说个人的自我诉求作为独立的意义，只能在家庭生活中表达出来。因此当时的社会纽带不是个人和个人之间联结起来的，而是家庭和家庭之间的联结。可以这么说，家庭是当时社会生活里的最小单位。

这就是为什么家庭价值观在中国人这里曾经如此的重要，夫妻之间的不忠被视为大逆不道。当时的社会伦理会让婚外恋者遭受种种耻辱，比如剃成阴阳头的发型游街，甚至以流氓罪被判刑。"文革"期间，由于政治斗争的残酷，夫妻相互揭发，父子反目屡有发生，不过这些事例只是出现在少数家庭，极大多数家庭则是空前团结。在当时外部环境的高压之下，人们十分珍惜家庭的内部生活，因为只剩下这一点点属于个人了。

改革开放之后，经济的飞速发展让中国出现了翻天覆地的变化，这样的变化渗透到了中国的方方面面。思维方式和生活方式，世界观和价值观也同样翻天覆地地变化了。于是，过去的伦理道德逐渐缺失，利益和金钱的处世哲学替代了过去革命的处世哲学。过去有过一句著名的口号："宁要社会主义的草，不要资本主义的苗。"我觉得草和苗在今天的中国已经是同一种植物了。

被压制已久的个人主义，在一个唯利是图的社会里突然兴起，必然会冲击家庭价值观。其实，强调个人价值和遵守家庭价值之间本来不是矛盾，问题是我们的发展太快了，短短三十多年，我们从一个极端走向了另外一个极端，从一个人性压抑的时代来到了一个人性放荡的时代，从一个政治第一的时代来到了一个物质至上的时代。过去，社会束缚的长期存在，让人们只能在家庭里感受到些许自由；今天，社会的束缚消失之后，曾经让人倍加珍惜的家庭自由突然间无足轻重了。如今婚外恋越来越普遍，已经不是什么见不得人的事。

当每个人都拥有一个舞台，可以充分地秀自己之时，过去意义的家庭在今天完全改变了，或者说现在的家庭不再像过去那样承载很多属于社会的功能。很多人不再像他们的父辈那样珍惜家庭，因为他们的价值更多地体现在了社会生活里，很少体现在家庭生活中。

过去的三十多年，我们的发展就像是一匹脱缰的野马那样一路狂奔，我们全体都在后面大汗淋漓地追赶，我们追赶的步伐常常跟不上发展的速度。展望今后的十年，我觉得，或者说我希望，我们发展的速度应该慢下来，这匹脱缰的野马应该跑累了，应该放慢脚步了。

然后，我们可以在个人价值和家庭价值之间找到平衡。

二〇〇九年九月二十八日

奥运会与比尔·盖茨之杠杆

在北京奥运会开幕前十多天，一家地方报纸捅出了一条惊人的新闻，世界首富比尔·盖茨为了观看奥运，花一亿元人民币租下了距离水立方不到一百八十米的空中四合院。报道的方式是采访这家新开楼盘的售楼小姐，售楼小姐介绍了比尔·盖茨出手阔绰以后，更多地介绍了这家新开楼盘如何气派和高贵。

新闻一出，中国的一些主流媒体和非主流媒体立刻纷纷转载，我想起码超过一亿人知道了北京这家新开楼盘。然后消息传到了美国，比尔和梅琳达·盖茨基金会正式给中国的媒体写信，声明这个消息是假的。几天以后，微软中国公司的董事长张亚勤先生在一个新闻发布会上暗示，这条假新闻是房地产开发商利用奥运会和比尔·盖茨的炒作行为。在几家媒体的追问下，房地产开发商声称这条新闻不是他们发布的，是媒体自己虚构出来的，而最初发表这条新闻的媒体则坚持说是采访了售楼小姐，才得到了这条新闻。另外的媒体却迷上计算，比尔·盖茨如果花一亿元人民币租下这个顶层四合院的话，每平方米的租金超过五十万元人民币，这是一个荒唐的数字，就是买下这个顶层四合院，每平方米也不会高达五十万元。

今天中国的媒体上充斥了类似的假新闻，因为没有人会去追究假新闻制造者的法律责任。发布这样的假新闻属于欺骗行为，但是在中国，人们认为这只是忽悠而已，忽悠这个词可能很难翻译，它有欺骗的含义，也有炒作的含义，并且还有一些娱乐性的意思，总之是不要去认真对待。我倒是觉得用上杠杆这个词也不错，将奥运会和比尔·盖茨作为杠杆，让一个少为人知的楼盘一夜之间家喻户晓。

杠杆在华尔街的先生们和女士们那里，只是货币政策，只是投资的收益和损失，可是了不起的中国人将杠杆用到了日常生活里，这样的杠杆作用在今天的中国无处不在。比如中国的出版商和作者，喜欢拿美国好莱坞作为杠杆，一部刚刚出版的中文小说，还没有翻译成英文出版，就在中国的媒体上广为宣传，美国好莱坞要投资三亿美元将其拍摄成电影。就在我心里纳闷，从来没有听说好莱坞哪部电影的投资达到三亿美元时，杠杆已经到达八亿美元了。有两部小说在杠杆作用下确实成为了畅销书，这两部小说都是声称好莱坞要投资八亿美元拍摄电影，另外声称三亿美元投资的小说没有畅销，我想可能是没有利用好杠杆。

什么叫杠杆？在中国人这里就是一句俗语：撑死胆大的，饿死胆小的。

二〇〇八年八月六日

最安静的夏天

奥运会临近之时，天空上飞往北京的航班比以往舒服了很多，因为乘客减少了，这让我有些吃惊。其实在六月底，我在东京飞回北京的全日空航班上已经注意到这样的现象，只有一半的座位上坐着乘客。四天前我准备去一次南方，在网上订机票时又吃了一惊，机票的价格只是原价的百分之二十和百分之三十。我想现在乘坐飞机可能更加舒服，问题是航班起飞的时间也不确定起来。七月底我在杭州飞回北京的航班上，舱门关闭后足足等了五个小时才起飞，说是空中管制。到北京后一位杭州的朋友打电话过来，我告诉他刚下飞机，他在电话里笑着说："你买的是不到两个小时的机票，让你坐了七个小时，便宜你了。"虽然是一句玩笑话，也多少表达了中国人的些许传统价值逻辑。

另外一位朋友比我晚一天从上海飞回北京，也是在飞机上度过了七八个小时，他乘坐的是大飞机，宽敞的头等舱里只有四个人，他前面的乘客将座椅放平后呼呼大睡了五个小时，飞机准备起飞时，空中小姐轻轻拍醒他，要他摇起座椅靠背，他睡意蒙眬地以为是在桑拿浴室里，马上说："噢，买单。"这也是中国特有的，头等舱的常客先生，往往也是夜晚桑拿里的常客先生。

回想起七年前北京申奥成功后举国欢庆的情景，此刻历历在目。七年来中国以巨大的热情投入到奥运的各项筹备工作之中，差不多每一个中国人都是满怀期待地度过这七个年头，人们都认为二〇〇八年八月的北京将是人头攒动、车水马龙，大街会像车站的候车室一样拥挤，世界各地和中国各地的人都将纷纷来到北京。机票都是原价，而且很难购买；宾馆爆满，价格会一涨再涨，于是出租自己的住房给外国和外地游客成为一些人的美好想法，这些人相信这一个月的租金会超过平常一年的租金，有些房东不惜代价，以补钱的方式赶走原来的租户，张开双臂准备迎接出钱更多的游客。

这时候美国导演斯皮尔伯格突然宣布辞去北京奥运会开幕式艺术顾问，很多中国人才第一次知道世界上有一个地方叫达尔富尔，至于那个地方发生了什么，大部分中国人无暇顾及，他们把批评的声音倾泻到斯皮尔伯格一个人身上，然后又觉得斯皮尔伯格的举动其实是泥鳅掀不起大浪，不必认真。

事实上达尔富尔种族冲突二〇〇三年就爆发了，西方媒体宣称有二十万土著人被杀害，超过两百万人背井离乡。我个人很难相信这样的数字，达尔富尔每平方公里的居住人口不会超过七个，在人烟如此稀少之地杀害二十万人，这个数字确实令人怀疑。但是西方媒体众口一词，这个数字在西方也就成为了事实。

由于过度放牧，造成达尔富尔地区土地沙漠化，但是丰富的石油和矿产资源的争夺，是达尔富尔危机的起源。人道主义危机爆发后，外国公司纷纷撤离达尔富尔，中石油这样的巨无霸中国企业乘机而入，再加上中国与苏丹的传统关系，中国在西方媒体中成为了替罪羊。达尔富尔人道主义危机在西方已经沸沸扬扬了几年，可是在中国的媒体上几乎看不到相关的信息，直到斯皮尔伯格的突然辞任，其实他已经承受了很长时间的压力，普通的中国人才开始知道达尔富尔。北京奥运会自然成为了西方一些人权组织的目标，他们宣称要在奥运会期间组织一个多达十万人的达尔富尔代表团，在八月的北京举行一系列的抗议活动。

就在中国人开始意识到达尔富尔问题的严重性时，四月时祥云火炬传递在巴黎被抢，在旧金山临时改道。

中国人突然意识到奥运会期间安全可能更加重要，在此之前的很多中国人认为恐怖活动只会发生在美国和欧洲，或者中东和南亚的部分地区，现在突然感到恐怖活动的脚步向我们走来了。七月二十一日昆明公交车爆炸案和八月四日喀什袭警案发出了这样的信号，恐怖活动不只是外来的，也会是本土的。

我的几个外地的朋友取消了奥运期间来北京的计划，几个北京的朋友带着家人去外地度假。出于奥运会期间的安全考虑，中国加强了保安措施，同时也收紧了签证，西方媒体批评其是"高筑签证壁垒"。中国人应该理解斯皮尔伯格的苦衷，西方也应该理解中国的苦衷，没有一个国家一个城市愿意这样做：奥运会期间天上的飞机里乘客不多，地上的宾馆里人影寥寥。可是为了安全，只能这样。如果奥运会期间出现意外的伤亡，既是中国的不幸，也是世界的不幸。国外和国内的旅行社先后取消机票和宾馆的预订，于是就有了我在飞往北京的航班上人少的感受，我知道宾馆的入住率也是多年来最低的。一些产生污染的工厂临时关闭，建筑工地也临时停工，很多民工选择回家；为了保证北京的空气质量，汽车限行的政策也在七月二十日推出。

这两天我走在北京的街道上，感到车辆比以往的夏天明显减少，行人也比以往的夏天明显减少，七年来中国人期待中的奥运街头情景应该不是这样。我在想，我也许要在北京度过七年来最安静的一个夏天。

二〇〇八年八月七日

阅读的故事

我在一个没有书籍的年代里成长起来,所以不知道自己的阅读是如何开始的。为此我整理了自己的记忆,我发现,竟然有四个不同版本的故事讲述了我最初的阅读。

第一个版本是在我小学毕业那一年的暑假,应该是一九七三年。"文化大革命"来到了第七个年头,我们习以为常的血腥武斗和野蛮抄家过去几年了,这些以革命的名义所进行的残酷行动似乎也感到疲惫了,我生活的小镇进入到了压抑和窒息的安静状态里,人们变得更加胆小和谨慎,广播里和报纸上仍然天天在大讲阶级斗争,可是我觉得自己很久没有见到阶级敌人了。

这时候我们小镇的图书馆重新对外开放,我父亲为我和哥哥弄来了一张借书证,让我们在无聊的暑假里有事可做,从那时起我开始喜欢阅读小说了。当时的中国,文学作品几乎都被称为毒草。外国的莎士比亚、托尔斯泰、巴尔扎克他们的作品是毒草;中国的巴金、老舍、沈从文他们的作品是毒草；由于毛泽东和赫鲁晓夫反目为敌，苏联时期的革命文学也成为了毒草。大量的藏书被视为毒草销毁后，重新开放的图书馆里没有多少书籍，放在书架上的小说只有二十来种，都是国产的所谓社会主义革命文学。我把这样的作品通读了一遍，《艳阳天》《金光大道》《牛田洋》《虹南作战史》《新桥》《矿山风云》《飞雪迎春》《闪闪的红星》……当时我最喜欢的书是《闪闪的红星》和《矿山风云》，原因很简单，这两本小说的主角都是孩子。

这样的阅读在我后来的生活里没有留下什么痕迹，我没有读到情感，没有读到人物，就是故事好像也没有读到，读到的只是用枯燥乏味的方式在讲述阶级斗争。可是我竟然把每一部小说都认真读完了，这是因为我当时的生活比这些小说还要枯燥乏味。我当时的阅读就是饥不择食，只要是一部小说，只要后面还有句子，我就能一直读下去。

二〇〇二年秋天我在德国柏林的时候，遇到两位退休的汉学教授，说起了一九六〇年代初期中国的大饥荒。这对夫妻教授讲述了他们的亲身经历，当时他们两人都在北京大学留学，丈夫因为家里的急事先回国了，两个月以后他收到妻子的信，妻子在信里告诉他：不得了，中国学生把北京大学里的树叶吃光了。

就像饥饿的学生吃光了北京大学里的树叶那样，我的阅读吃光了我们小镇图书馆里比树叶还要难吃的小说。

我记得图书馆的工作人员是一位中年女性,她十分敬业。每次我和哥哥将读完的小说送还回去的时候,她都要仔细检查图书是否有所损坏,确定完好无损后,才会收进去,再借给我们其他的小说。有一次她发现我们归还的图书封面上有一滴墨迹,她认为是我们损坏了图书,我们申辩这滴墨迹早就存在了。她坚持认为是我们干的,她说每一本书归还回来的时候都认真检查了,这么明显的墨迹她不可能没有发现。我们和她争吵起来,争吵在当时属于文斗。我的哥哥是一名红卫兵,文斗对他来说不过瘾,武斗方显其红卫兵本色,他抓起书扔向她的脸,接着又扬手扇了她一记耳光。

然后我们一起去了小镇派出所,她坐在那里伤心地哭了很久,我哥哥若无其事地在派出所里走来走去。派出所的所长一边好言好语安慰她,一边训斥我那自由散漫的哥哥,要他老实坐下,我哥哥坐了下来,很有派头地架起了二郎腿。

这位所长是我父亲的朋友,我曾经向他请教过如何打架,他当时打量着弱小的我,教了我一招,就是趁着对方没有防备之时,迅速抬脚去踢他的睾丸。

我问他:"要是对方是个女的?"

他严肃地说:"男人不能和女人打架。"

我哥哥的红卫兵武斗行为让我们失去了图书馆的借书证,我没有什么遗憾的,因为我已经将图书馆里所有的小说都读完了。

问题是暑假还没有结束,我阅读的兴趣已经起来了。我渴望阅读,可是无书可读。

当时我们家中除了父母专业所用的十来册医学方面的书籍,只有四卷本的《毛泽东选集》和一本叫作红宝书的《毛主席语录》。红宝书就是从《毛泽东选集》里摘出来的语录汇编。我无精打采地翻动着它们,等待阅读的化学反应出现,可是翻动了很久,发现自己还是毫无阅读的兴趣。

我只好走出家门,如同一个饥肠辘辘的人寻找食物一样,四处寻找起了书籍。我身穿短裤背心,脚上是一双拖鞋,走在我们小镇炎炎夏日里发烫的街道上,见到一个认识的同龄男孩,就会叫住他:

"喂,你们家有书吗?"

那些和我一样身穿短裤背心、脚蹬一双拖鞋的男孩们,听到我的问话后都是表情一愣,他们可能从来没有遇到过这样的询问,然后他们个个点着头说家里有书。可是当我兴致勃勃地跑到了他们家里,看到的都是同样的四卷本的《毛泽东选集》,而且都是从未被翻阅过的新书。我因此获得了经验,当一个被我询问的男孩声称他家里有书时,我就会伸出四根手指继续问:

"有四本书?"

他点头后,我的手垂了下来,再问一句:"是新书?"

他再次点头后,我就会十分失望地说:"还是《毛泽东选集》。"

后来我改变了询问的方式，我开始这样问："有旧书吗？"

我遇到的都是摇头的男孩。只有一个例外，他眨了一会儿眼睛后，点着头说他家里好像有旧书。我问他是不是有四本书？他摇着头说好像只有一本。我怀疑这一本是红宝书，问他封面是不是红颜色的？他想了想后说，好像是灰乎乎的颜色。

我喜出望外了。他的三个"好像"的回答让我情绪激昂，我用满是汗水的手臂搂住他满是汗水的肩膀，往他家里走去时，说了一路的恭维话，说得他心花怒放。到了他的家中，他十分卖力地搬着一把凳子走到衣柜前，站到凳子上，在衣柜的顶端摸索了一会儿，摸出一本积满灰尘的书递给我，我接过来时心里忐忑不安，这本尺寸小了一号的书很像是红宝书。我用手擦去封面上厚厚的灰尘之后，十分失望地看到了红色的塑料封皮，果然是红宝书。

我在外面的努力一无所获之后，只好回家挖掘潜力，用现在时髦的话来说，就是拉动内需。我将家里的医学书籍粗粗浏览了一遍，就将它们重新放回到书架上，当时我粗心大意，没有发现医学书籍里面所隐藏的惊人内容，直到两年之后才发现这个秘密。我放弃医学书籍之后，可供选择的书籍只有崭新的《毛泽东选集》和翻旧了的红宝书。这是当时每个家庭相似的情况，四卷本的《毛泽东选集》只是家里的政治摆设，平日里拿来学习的是红宝书。

我没有选择红宝书，而是拿起了《毛泽东选集》第一卷。这一次我十分仔细地阅读起来，然后我发现了阅读的新大陆，就是《毛泽东选集》里的注释引人入胜。从此以后,我手不释卷地读起了《毛泽东选集》。

当时的夏天,人们习惯在屋外吃晚饭,先是往地上泼几盆凉水,一方面是为了降温,另一方面是为了压住尘土,然后将桌子和凳子搬出来。晚饭开始后,孩子们就捧着饭碗走来走去,眼睛盯着别人桌上的菜,吃着自己碗里的饭。我总是很快吃完晚饭,放下碗筷后,立刻捧起《毛泽东选集》,在晚霞下如饥似渴地读了起来。

邻居们见到后赞叹不已,夸奖我小小年纪,竟然如此刻苦学习毛泽东思想。我的父母听了这些夸奖,得意之情溢于言表。在私底下,他们小声谈论起了我的前途,他们感叹"文化大革命"让我失去了学习的机会,否则他们的小儿子将来有可能成为一名大学教授。

其实我根本没有在学习毛泽东思想,我读的是《毛泽东选集》里的注释,这些关于历史事件和历史人物的注释,比我们小镇图书馆里的小说有意思多了。这些注释里虽然没有情感,可是有故事,也有人物。

第二个版本发生在我中学时期,我开始阅读一些被称为毒草的小说。这些逃脱了焚毁命运的文学幸存者,开始在我们中间悄悄流传。我想,可能是一些真正热爱文学的人将它们小心保存了下来,然后被人们在暗地里大规模地传阅。每一本书都经过了上千个人的手,传到我这里时已经破旧不堪,前面少了十多页,后面也少了十多页。我当时阅读的那些毒草小说,没有一本的模样是完整的。我不知道书名,不知道作者;不知道故事是怎么开始的,也不知道故事是怎么结束的。

不知道故事的开始我还可以忍受,不知道故事是怎么结束的实在是太痛苦了。每次读完一本没头没尾的小说,我都像是一只热锅上的蚂蚁到处乱窜,找人打听这个故事后来的结局。没有人知道故事的结局,他们读到的小说也都是没头没尾的,偶尔有几个人比我多读了几页,就将这几页的内容讲给我听,可是仍然没有故事的结局。这就是当时的阅读,我们在书籍的不断破损中阅读。每一本书在经过几个人或者几十个人的手以后,都有可能少了一两页。

我无限惆怅,心想我前面的这些读者真他妈的缺德,自己将小说读完了,也不将掉下来的书页粘贴上去。

没有结局的故事折磨着我,谁也帮不了我,我开始自己去设想故事的结局。就像《国际歌》中所唱的那样:"从来就没有什么救世主,也不靠神仙皇帝。要创造人类的幸福,全靠我们自己。"每天晚上熄灯上床后,我的眼睛就在黑暗里眨动起来,我进入了想象的世界,编造起了那些故事的结局,并且被自己的编造感动得热泪盈眶。

我不知道当初已经在训练自己的想象力了,我应该感谢这些没头没尾的小说，它们点燃了我最初的创作热情，让我在多年之后成为了一名作家。

我读到的第一本外国小说也是一样的没头没尾，我不知道书名是什么，作者是谁；不知道故事的开始，也不知道故事的结束。我第一次读到了性描写，让我躁动不安，同时又胆战心惊。读到性描写的段落时，我就会紧张地抬起头来，四处张望一会儿，确定没有人在监视我，我才继续心惊肉跳地往下读。

"文革"结束以后，文学回来了。书店里摆满了崭新的文学作品，那期间我买了很多外国小说，其中有一本小说的书名叫《一生》，是法国作家莫泊桑的作品。有一天晚上，我躺在床上，开始阅读这本《一生》。读到三分之一的篇幅时，我惊叫了起来：原来是它！

我多年前心惊肉跳阅读的第一本没头没尾的外国小说，就是莫泊桑的《一生》。

我当时阅读的那些毒草小说里，唯一完整的一本是法国作家小仲马的《茶花女》。那时候"文革"快要结束了，我正在上高中二年级，《茶花女》是以手抄本的形式来到我们手上。后来我阅读了正式出版的《茶花女》，才知道当初读到的只是一个缩写本。

当时伟大领袖毛泽东刚刚去世，他生前指定的接班人华国锋被我们称为英明领袖。后来随着邓小平的复出，华国锋就淡出了中国的政治舞台。我记得一个同学把我叫到一边，悄悄告诉我，他借到了一本旷世好书，他看看四周没人，神秘地说：

"是爱情的。"

听说是爱情的,我立刻热血沸腾了。我们一路小跑,来到了这个拥有《茶花女》手抄本的同学的家中,喘息未定,这个同学从书包里取出白色铜版纸包着的手抄本,打开铜版纸的正面以后,我吓了一跳,他竟然用英明领袖华国锋的标准像包装起了《茶花女》,我叫了起来:

"你这个反革命分子。"

他同样吓了一跳,他也不知道包着《茶花女》的是华国锋的标准像,他说是另一个反革命分子干的,就是借给他《茶花女》的那个反革命。然后我们商量怎么处理已经皱巴巴的华国锋肖像,他说扔到屋外的河里去,我说不行,还是烧毁吧。

我们不留痕迹地处理掉华国锋肖像,然后端详起了手抄本的《茶花女》,清秀的字体抄写在一本牛皮纸封皮的笔记本上。这个同学告诉我,只有一天时间,明天就要将手抄本还给人家。我们两个人的脑袋凑在一起阅读了,这是激动人心的阅读过程,读到三分之一篇幅的时候,我们两个人已经感叹不已,没想到世界上还有这么好的小说。我们开始害怕失去它了,我们想永久占有它。看看手抄本《茶花女》并不是浩瀚巨著,我们决定停止阅读,开始抄写,在明天还书之前抄写完成。

这个同学找来一本他父亲没有用过的笔记本,也是牛皮纸封皮的,我们开始了接力抄写。我先上阵,抄写累了,他赶紧替下我;

他抄写累了，我接过来。在他父母快要下班回家的时候，我们决定撤离，去一个更加安全的地方。我们商量了一下，决定返回学校的教室。

当时我们高中年级在二楼，初中年级在一楼。虽然所有教室的门都上了锁，可是总会有几扇窗户没有插好铁栓，我们沿着一楼初中年级教室的窗户检查过去，找到一扇没有关上的窗户，打开后，翻越了进去。开始在别人的教室里继续我们的接力抄写，天黑后，拉了一下灯绳，让教室的日光灯照耀着我们的抄写。

我们饥肠辘辘又疲惫不堪，就将课桌推到一起，一个抄写的时候，另一个躺到课桌组成的床上。我们一直干到清晨，一个抄写时，另一个在课桌上睡着了。我们互相替换的次数越来越多，刚开始一个人可以一口气抄写半个小时以上的时间，后来五分钟就得换人了。他躺到课桌上，鼾声刚起，我就起身去拍拍他：

"喂，醒醒，轮到你了。"

等我刚睡着，他来拍打我的身体了："喂，醒醒。"

就这样，我们不断叫醒对方，终于完成了我们人生里最为伟大的抄写工作。我们从教室的窗户翻越出去，在晨曦里一路打着呵欠走出学校。分手的时候，他将我们两个人合作的手抄本交给我，慷慨地让我先去阅读。他拿着字迹清秀的手抄原本，看看东方的天空上出现了一圈红晕，说是要将《茶花女》的手抄原本先去归还，然后再回家睡觉。

回到家中,我的父母还在梦乡里,我匆匆吃完昨晚留在桌上的冷饭冷菜,躺到床上就睡着了。好像没过多久,我父亲的吼叫将我吵醒,问我昨晚野到哪里了?我嘴里哼哼哈哈,似答非答,翻个身继续睡觉。

我一觉睡到中午,这天我没有去上学,在家里读起了自己的手抄本《茶花女》。我们的抄写开始时字体还算工整,越到后面越是潦草。我自己潦草的字体还能辨认,可是同学的潦草字体就完全看不明白了。我读得火冒三丈,忍无可忍之后,我将手抄本放进胸口衣服里,夹在腋下,走出家门去寻找那位同学。

我在中学的篮球场上找到了他,这家伙正在运球上篮,我怒吼着他的名字,他吓了一跳,转身吃惊地看着我。我继续怒吼:

"过来!你过来!"

可能是我当时摆出一副准备打架的模样,他被激怒了,将篮球往地上使劲一扔,握紧拳头满头大汗地走过来,冲着我叫道:

"你想干什么?"

我将胸口衣服里面的手抄本取出来,给他看一眼后立刻放了回去,愤怒地说:

"老子看不懂你写的字。"

他明白是怎么回事了,擦着满脸的汗水,嘿嘿笑着跟随我走进了学校的小树林。在小树林里,我取出我们的手抄本,继续自己的阅读。我让他站在身旁,我一边阅读,一边不断怒气冲冲地问他：

"这些是什么字？"

我的阅读口吃似的，结结巴巴地读完了《茶花女》。尽管如此，里面的故事和人物仍然让我心酸不已，我抹着眼泪，意犹未尽地将我们的手抄本交给他，轮到他去阅读了。

当天晚上，我已经在床上睡着了，他来到了我的家门外，怒气冲冲地喊叫我的名字，他同样也看不明白我潦草的字体。我只好起床，陪同他走到某个路灯下。他在夜深人静里情感波动地阅读，我呵欠连连靠在电线杆上，充当一位尽职的陪读，随时向他提供辨认潦草字体的应召服务。

第三个版本从街头阅读说起。我说的是大字报，这是"文化大革命"馈赠给我们小镇的独特风景。在当时，撕掉墙上的大字报属于反革命行为，新的大字报只能贴在旧的大字报上面，墙壁越来越厚，让我们的小镇看上去像是穿上了臃肿的棉袄。

我没有读过"文革"早期的大字报，那时候我刚上小学，七岁左右，所认识的汉字只能让我吃力地读完大字报的标题。我当时的兴趣是在街头激烈的武斗上面，我战战兢兢地看着我们小镇上的成年人相互斗殴，他们手挥棍棒，嘴里喊叫着"誓死捍卫伟大领袖毛主席"的口号，互相打得头破血流。这让年幼的我百思不得其解：既然都是为了保卫毛主席，为何还要互相打得你死我活？

我当时十分胆小，每次都是站在远处观战，斗殴的人群冲杀过来时，我立刻撒腿就跑，距离保持在子弹射程之外。比我大两岁的哥哥胆量过人，他每次都是站在近处观赏武斗，而且双手叉腰，一副休闲的模样。

我们当时每天混迹街头，看着街上时常上演的武斗情景，就像在电影院里看黑白电影一样。我们这些孩子之间有过一个口头禅，把上街玩耍说成"看电影"。几年以后，电影院里出现了彩色的宽银幕电影，我们上街的口头禅也随之修改。如果有一个孩子问："去哪里？"正要上街的孩子就会回答："去看宽银幕电影。"

我迷恋上大字报阅读时已是一名初中学生。大约是一九七五年左右，"文革"进入了后期，沉闷窒息的社会替代了血腥武斗的社会。虽然小镇的街道一成不变，可是街道上的内容变了。我们也从看"黑白电影"变成了看"宽银幕电影"。对于我们这些街头孩子来说，"宽银幕电影"远远没有早期的"黑白电影"好看。"文革"早期，我们小镇的街道喧嚣热闹，好比是好莱坞的动作电影；到了"文革"后期，街道安静沉寂，好比是欧洲现代主义的艺术电影。我们从街头儿童变成了街头少年，我们的生活也从动作电影进入到了艺术电影。艺术电影里长时间静止的画面和缓慢推进的长镜头，仿佛就是我们在"文革"后期的生活节奏。

我现在闭上眼睛，就可以看到这样的镜头：三十多年前的自己，一个放学回家的初中生,身穿有补丁的衣服,脚蹬一双磨损后泛白的黄球鞋,斜挎破旧的书包,沿着贴满大字报的街道无所事事地走来。

我就是在这个陈旧褪色的镜头里获得了阅读大字报的乐趣。就像观赏艺术电影需要审美的耐心一样,"文革"后期的生活需要仔细品尝,才会发现某个平淡的事物后面,其实隐藏着神奇。

一九七五年的时候,人们对大字报已经麻木不仁,尽管还有新的大字报不断贴到墙上去,可是很少有人驻足阅读。这时的大字报正在失去其自身的意义,正在成为墙壁的内容。人们习惯于视而不见地从它们身旁走过,我也是这视而不见的人群中的一员。直到有一天,我注意到一张大字报上有一幅漫画,然后继《毛泽东选集》里的注释之后,我又一个阅读的新大陆被发现了。

我记得是一种拙笨的笔法,画了一张床,床上坐着一男一女两个人,而且涂上了花花绿绿的颜色。这幅奇特的漫画让我怦然心动,当时我见惯了宣传画上男男女女的革命群众如何昂首挺胸,可是画面上的男女之间出现一张床,是我前所未见的。这张画得歪歪扭扭的床,竟然出现在充满着革命意义的大字报上面,还有同样画得歪歪扭扭的一男一女,床的色情含义昭然若揭,我想入非非地读起了这张大字报。

这是我第一次认真阅读的大字报。在密集出现的毛主席语录和口号似的革命语言之间,我读到了一些引人入胜的片言只语,这些片言只语讲述了我们小镇上一对偷情男女的故事梗概。虽然没有读到直接的性描写语句，可是性联想在我脑海里如同一叶方舟开始乘风破浪了。

这对偷情男女的真实姓名就书写在花花绿绿的漫画上面，我添油加醋地将这个梗概告诉几个关系亲密的同学，这几个同学听得眼睛发直。然后，我们兴致勃勃地分头去打听这对偷情男女的住处和工作单位。

几天以后，我们成功地将人和姓名对号入座。男的就住在我们小镇西边的一个小巷里，我们几个同学在他的家门口守候多时，才见到他下班回家。这个被人捉奸在床的男人一脸阴沉地看了我们一眼，转身走进了自己的家中。女的是在六七公里之外的一个小镇百货商店工作。仍然是我们这几个同学，约好了某个星期天，长途跋涉不辞辛苦地来到了那个小镇，找到那家只有五十平方米左右的百货商店，看到里面有三个女售货员，我们不知道是哪个。我们站在商店的大门口，悄悄议论哪个容貌出众，最后一致的意见是都不漂亮。然后我们大叫一声大字报上的那个名字，其中一个答应一声，转身诧异地看着我们，我们哈哈大笑拔腿就跑。

这是我们当时沉闷枯燥生活的真实写照，因为认识了大字报上偷情故事的人物原型，我们会兴高采烈很多天。

"文革"后期的大字报尽管仍旧充斥着毛主席语录、鲁迅先生的话和从报纸上抄录下来的革命语言，可是大字报的内容悄然变化了。造反时不同派别形成的矛盾或者生活里发生的冲突等等，让谣言、谩骂和揭露隐私成为"文革"后期大字报的新宠。于是里面有时会出现一些和性有关的语句。不正当的男女关系，成为了那时候人们互相攻击和互相诋毁谩骂的热门把柄。我因此迷恋上了大字报的阅读，每天下午放学回家的路上，都要仔细察看是否出现了新的大字报，是否出现了新的性联想语句。

这是沙里淘金似的阅读，经常会连续几天读不到和性有关的语句。我的这几个同学起初兴趣十足地和我一起去阅读大字报，没几天他们就放弃了，他们觉得这是赔本的买卖，瞪大眼睛阅读了两天，也就是读到一些似是而非的句子。他们说还不如我添油加醋以后的讲解精彩。他们因此鼓励我坚持不懈地读下去，因为每天早晨上学时，他们就会充满期待地凑上来，悄悄问我：

"有没有新的？"

一个未婚女青年和一个已婚男人的偷情梗概，是我大字报阅读经历里最为惊心动魄的时刻。也是我读到的最为详细的内容，部分段落竟然引用了这对偷情男女后来写下的交待材料。

他们偷情的前奏曲是男的在水井旁洗衣服。他的妻子在外地工作，每年只有一个月的探亲假才能回来。所以邻居的一位未婚女青年经常帮助他洗衣服，起初她将他的内裤取出来放在一旁，让他自己清洗。过了一些日子以后，她不再取出他的内裤，自己动手清洗起来。然后进入了偷情的小步舞曲，除了洗衣服，她开始向他借书,并且开始和他讨论起了读书的感受,她经常进入到他的卧室。于是偷情的狂欢曲终于来到了,两个人发生了性关系。一次、两次、三次,第三次时被人捉奸在床。

到了"文革"后期,捉奸的热情空前高涨,差不多替代了"文革"早期的"革命"热情。一些吃不到葡萄说葡萄酸的人,将自己偷情的欲望转化成捉奸的激情,只要怀疑谁和谁可能存在不正当男女关系,就会偷偷监视他们,时机一旦成熟,立刻撞开房门冲进去,活捉赤身裸体的男女。这对可怜的男女,就是这样演绎了偷情版的柴可夫斯基的《悲怆交响曲》。

我在大字报上读到这位未婚女青年交待材料里的一句话,她第一次和男人性交之后,觉得自己"坐不起来了"。这句话让我浑身发热,随后浮想联翩。当天晚上,我就把那几个同学召集到一起,在河边的月光下,在成片飘扬的柳枝掩护下,我悄声对他们说:

"你们知道吗?女的和男的干过那事以后会怎么样?"

这几个同学声音颤抖地问:"会怎么样?"

我神秘地说:"女的会坐不起来。"

我的这几个同学失声叫道:"为什么?"

为什么?其实我也不知道。不过,我还是老练地回答:"你们以后结婚了就会知道为什么。"

我在多年之后回首这段往事时,将自己的大字报阅读比喻成性阅读。有意思的是,我的性阅读的高潮并不是发生在大街上,而是发生在自己家里。

因为我的父母都是医生,所以我们的家在医院的宿舍楼里。这是一幢两层的楼房,楼上楼下都有六个房间,像学校的两层教室那样,通过公用楼梯才能到楼上去。这幢楼房里住了在医院工作的十一户人家,我们家占据了两个房间,我和哥哥住在楼下,我们的父母住在楼上。楼上父母的房间里有一个小书架,上面堆放了十来册医学方面的书籍。

我和哥哥轮流打扫楼上这个房间,父母要求我们打扫房间时,一定要将书架上的灰尘擦干净。我经常懒洋洋地用抹布擦着书架,却没有想到这些貌似无聊的医学书籍里隐藏着惊人的神奇。我在小学毕业的那个暑假里曾经浏览过它们,也没有发现里面的神奇。

我的哥哥发现了。那时候我是一名初二学生,我哥哥是高二学生。有一段日子里,趁着父母上班的时候,我哥哥经常带着他的几个男同学,鬼鬼祟祟地跑到楼上的房间里,然后发出一些稀奇古怪的叫声。

我在楼下经常听到楼上的古怪叫声,开始怀疑楼上有什么秘密勾当。可是当我跑到楼上以后,我哥哥和他的同学们一副若无其事的模样,嬉笑地聊天。我仔细察看,也看不出什么破绽来。当我回到楼下的房间后,稀奇古怪的叫声立刻又在楼上响起。这样的怪叫声在我父母的房间里持续了差不多两个月,我哥哥的同学们络绎不绝地来到了楼上父母的房间,我觉得他整个年级的男生都去过我家楼上的房间了。

我坚信楼上房间里存在着不可告人的秘密。有一天轮到我打扫卫生时，我像一个侦探似的认真察看每一个角落，没有发现什么。然后我的注意力来到了书架上，我怀疑这些医学书籍里可能夹着什么。我一本一本地取下来，一页一页认真检查着翻过去。当我手里捧着《人体解剖学》翻过去时，神奇出现了：一张彩色的女性阴部的图片倏然在目。好似一个晴天霹雳，让我惊得目瞪口呆。然后，我如饥似渴地察看这张图片的每个细节，以及关于女性阴部的全部说明。

我不知道自己当初第一眼看到女性阴部的彩色图片时是否失声惊叫了？那一刻我完全惊呆了，根本不知道自己是什么反应。我所知道的是，此后我的初中同学们开始络绎不绝地来到我家楼上，发出他们的一声声惊叫。在我哥哥高中年级的男生们纷纷光顾我家楼上之后，我初中年级的男生们也都在那个房间里留下了他们发自肺腑的叫声。

第四个版本的阅读应该从一九七七年开始。"文化大革命"结束以后，被视为毒草的禁书重新出版。托尔斯泰、巴尔扎克和狄更斯们的文学作品最初来到我们小镇书店时，其轰动效应仿佛是现在的歌星出现在穷乡僻壤一样。人们奔走相告，翘首以待。由于最初来到我们小镇的图书数量有限，书店贴出告示，要求大家排队领取书票，每个人只能领取一张书票，每张书票只能购买两册图书。

当初壮观的购书情景，令我记忆犹新。天亮前，书店门外已经排出两百多人的长队。有些人为了获得书票，在前一天傍晚就搬着凳子坐到了书店的大门外，秩序井然地坐成一排，在相互交谈里度过漫漫长夜。那些凌晨时分来到书店门前排队的人，很快发现自己来晚了。尽管如此，这些人还是满怀侥幸的心态，站在长长的队列之中，认为自己仍然有机会获得书票。

我就是这些晚来者中间的一员。我口袋里揣着五元人民币，这对当时的我来说是一笔巨款，我在晨曦里跑向书店时，右手一直在口袋里捏着这五元钱，由于只是甩动左手，所以身体向左倾斜地跑到书店门前。我原以为可以名列前茅，可是跑到书店前一看，心凉了半截，觉得自己差不多排在三百人之后了。在我之后，还有人在陆续跑来，我听到他们嘴里的抱怨声不断：

"起了个大早，赶了个晚集。"

旭日东升之时，这三百多人的队伍分成了没有睡眠和有睡眠两个阵营，前面阵营的人都是在凳子上坐了一个晚上，这些一夜未睡的人觉得自己稳获书票，他们互相议论着应该买两本什么书？后面阵营的都是一觉睡醒后跑来的，他们关心的是发放多少张书票？然后传言四起，先是前面坐在凳子上的人声称不会超过一百张书票，立刻遭到后面站立者的反驳，站立者中间有人说会发放两百张书票,站在两百位以外的人不同意了,他们说应该会多于两百张。就这样,书票的数目一路上涨,最后有人喊叫着说会发放五百张书票,我们全体不同意了,认为不可能有这么多。总共三百多个人在排队,如果发放五百张书票,那么我们全体排队者的辛苦就会显得幼稚可笑。

早晨七点正,我们小镇新华书店的大门慢慢打开。当时有一种神圣的情感在我心里涌动,这扇破旧的大门打开时发出嘎吱嘎吱难听的响声,可是我却恍惚觉得是舞台上华丽的幕布在徐徐拉开。书店的一位工作人员走到门外,在我眼中就像是一个神气的报幕员。随即,我心头神圣的感觉烟消云散,这位工作人员叫嚷道:

"只有五十张书票,排在后面的回去吧!"

如同在冬天里往我们头上泼了一盆凉水,让我们这些后面的站立者从头凉到了脚。一些人悻悻而去,另一些人牢骚满腹,还有一些人骂骂咧咧。我站在原处,右手仍然在口袋里捏着那张五元纸币,情绪失落地看着排在最前面的人喜笑颜开地一个个走进去领取书票,对他们来说,书票越少,他们的彻夜未眠就越有价值。

很多没有书票的人仍然站在书店门外,里面买了书的人走出来时,喜形于色地展览他们手中的成果。我们这些书店外面的站立者,就会选择各自熟悉的人围上去,十分羡慕地伸手去摸一摸《安娜·卡列妮娜》《高老头》和《大卫·科波菲尔》这些崭新的图书。我们在阅读的饥饿里生活得太久了,即便是看一眼这些文学名著的崭新封面,也是莫大的享受。有几个慷慨的人,打开自己手中的书,让没有书的人凑上去用鼻子闻一闻油墨的气味。我也得到了这样的机会,这是我第一次去闻新书的气味,我觉得淡淡的油墨气味有着令人神往的清香。

我记忆深刻的是排在五十位之后的那几个人,可以用痛心疾首来形容这几个人的表情,他们脏话连篇,有时候像是在骂自己,有时候像是在骂不知名的别人。我们这些排在两百位之后的人,只是心里失落一下而已;这几个排在五十位之后的人是眼睁睁看着煮熟的鸭子飞走了,心里的难受可想而知。尤其是那个第五十一位,他是在抬腿往书店里走进去的时候,被挡在了门外,被告知书票已经发放完了。他的身体一动不动地在那里站了一会儿,然后低头走到一旁,手里捧着一只凳子,表情木然地看着里面买到书的人喜气洋洋地走出来,又看着我们这些外面的人围上去,如何用手抚摸新书和如何用鼻子闻着新书。他的沉默有些奇怪,我几次扭头去看他,觉得他似乎是在用费解的眼神看着我们。

后来,我们小镇上的一些人短暂地谈论过这个第五十一位。他是和三个朋友玩牌玩到深夜,才搬着凳子来到书店门前,然后坐到天亮。听说在后来的几天里,他遇到熟人就会说:

"我要是少打一圈牌就好了,就不会是五十一了。"

于是,五十一也短暂地成为过一个流行语,如果有人说:"我今天五十一了。"他的意思是说:"我今天倒霉了。"

三十年的光阴过去之后，我们从一个没有书籍的年代来到了一个书籍泛滥过剩的年代。今天的中国每年都要出版二十万种以上的图书。过去，书店里是无书可卖；现在，书店里书籍太多之后，我们不知道应该买什么书。随着网络书店销售折扣图书之后，传统的地面书店也是纷纷打折促销。超市里在出售图书，街边的报刊亭也在出售图书，还有路边的流动摊贩们叫卖价格更为低廉的盗版图书。过去只有中文的盗版图书，现在数量可观的英文盗版图书也开始现身于我们的大街小巷。

北京每年举办的地坛公园书市，像庙会一样热闹。在一个图书的市场里，混杂着古籍鉴赏、民俗展示、摄影展览、免费电影、文艺演出，还有时装表演、舞蹈表演和魔术表演；银行、保险、证券和基金公司趁机推出他们的理财产品；高音喇叭发出的音乐震耳欲聋，而且音乐随时会中断，开始广播找人。在人来人往拥挤不堪的空间里，一些作家学者置身其中签名售书，还有一些江湖郎中给人把脉治病，像是签名售书那样开出一张张药方。

几年前，我曾经在那里干过签名售书的差事，嘈杂响亮的声音不绝于耳，像是置身在机器轰鸣的工厂车间里。在一排排临时搭建的简易棚里，堆满了种类繁多的书籍，售书者手举扩音器大声叫卖他们的图书，如同菜市场的小商小贩在叫卖蔬菜水果和鸡鸭鱼肉一样。这是我印象最为深刻的场景。价值几百元的书籍被捆绑在一起，以十元或者二十元的超低价格销售。推销者叫叫嚷嚷，

这边"二十元一捆图书"的叫卖声刚落,那边更具价格优势的"十元一捆"喊声已起:

"跳楼价!十元一捆的经典名著!"

叫卖者还会发出声声感叹:"哪是在卖书啊?这他妈的简直是在卖废纸。"

然后叫卖声出现了变奏:"快来买呀!买废纸的钱可以买一捆经典名著!"

抚今追昔,令我感慨万端。从三百多人在小镇书店门前排队领取书票,到地坛公园书市里叫卖十元一捆的经典名著,三十年仿佛只是一夜之隔。此时此刻,当我回首往事去追寻自己真正意义上的文学阅读之旅,我的选择会从一九七七年那个书店门前的早晨开始,当然不会在今天的地坛公园书市的叫卖声里结束。

虽然三十多年前的那个早晨我两手空空,可是几个月以后,崭新的文学书籍一本本来到了我的书架上,我的阅读不再是"文革"时期吃了上顿没下顿,我的阅读开始丰衣足食,而且像江水长流不息那样持续不断了。

曾经有人问我:"三十年的阅读给了你什么?"

面对这样的问题,如同面对宽广的大海,我感到自己无言以对。

我曾经在一篇文章的结尾这样描述自己的阅读经历:"我对那些伟大作品的每一次阅读,都会被它们带走。我就像是一个胆怯的孩子,小心翼翼地抓住它们的衣角,模仿着它们的步伐,在时间的长河里缓缓走去,那是温暖和百感交集的旅程。它们将我带走,然后又让我独自一人回去。当我回来之后,才知道它们已经永远和我在一起了。"

我想起了二〇〇六年九月里的一个早晨,我和妻子走在德国杜塞尔多夫的老城区时,突然发现了海涅故居,此前我并不知道海涅故居在那里。在临街的联排楼房里,海涅的故居是黑色的,而它左右的房屋都是红色的,海涅的故居比起它身旁已经古老的房屋显得更加古老。仿佛是一张陈旧的照片,中间站立的是过去时代里的祖父,两旁站立着过去时代里的父辈们。

我之所以提起这个四年前的往事,是因为这个杜塞尔多夫的早晨让我回到了自己的童年,回到了我在医院里度过的难忘时光。

我前面已经说过,我过去居住在医院的宿舍楼里。这是当时中国的一个比较普遍的现象,城镇的职工大多是居住在单位里。我是在医院的环境里长大的,我童年时游手好闲,独自一人在医院的病区里到处游荡。我时常走进医护室,拿几个酒精棉球擦着自己的双手,在病区走廊上溜达,看看几个已经熟悉的老病人,再去打听一下新来病人的情况。那时候我不是经常洗澡,可是我的双手每天都会用酒精棉球擦上十多次,我曾经拥有过一双世界上最为清洁的手。与此同时,我每天呼吸着医院里的来苏儿气味。我小学时的很多同学都讨厌这种气味,我却十分喜欢,我当时有一个理论,既然来苏儿是用来消毒的,那么它的气味就会给我的两叶肺消毒。现在回想起来，我仍然觉得这种气味不错，因为这是我成长的气味。

我父亲是一名外科医生。当时医院的手术室只是一间平房，我和哥哥经常在手术室外面玩耍，那里有一块很大的空地，阳光灿烂的时候总是晾满了床单，我们喜欢在床单之间奔跑，让散发着肥皂气息的潮湿床单拍打在我们脸上。

这是我童年的美好记忆，不过这个记忆里还有着斑斑血迹。我经常看到父亲给病人做完手术后，口罩上和手术服上满是血迹地走出来。离手术室不远有一个池塘，手术室的护士经常提着一桶从病人身上割下来的血肉模糊的东西，走过去倒进池塘里。到了夏天，池塘里散发出了阵阵恶臭，密密麻麻的苍蝇像是一张纯羊毛地毯全面覆盖了池塘。

那时候医院的宿舍楼里没有卫生设施，只有一个公用厕所在宿舍楼的对面，医院的太平间也在对面。厕所和太平间一墙之隔地紧挨在一起，而且都没有门。我每次上厕所时都要经过太平间，都会习惯性地朝里面看上一眼。太平间里一尘不染，一张水泥床在一个小小的窗户下面，窗外是几片微微摇晃的树叶。太平间在我的记忆里，有着难以言传的安宁之感。我还记得，那地方的树木明显比别处的树木茂盛茁壮。我不知道是太平间的原因，还是厕所的原因？

我在太平间对面住了差不多十年时间，可以说我是在哭声中成长起来的。那些因病去世的人，在他们的身体被火化之前，都会在我家对面的太平间里躺上一晚，就像漫漫旅途中的客栈，太平间沉默地接待了那些由生向死的匆匆过客。

我在很多个夜晚里突然醒来，聆听那些失去亲人以后的悲痛哭声。十年的岁月，让我听遍了这个世界上所有的哭声，到后来我觉得已经不是哭声了，尤其是黎明来临之时，哭泣者的声音显得漫长持久，而且感动人心。我觉得哭声里充满了难以言传的亲切，那种疼痛无比的亲切。有一段时间，我曾经认为这是世界上最为动人的歌谣。就是那时候我发现，大多数人都是在黑夜里去世的。

那时候夏天的炎热难以忍受，我经常在午睡醒来时，看到草席上汗水浸出来的自己的完整体形，有时汗水都能将自己的皮肤泡白。

有一天，我鬼使神差地走进了对面的太平间，仿佛是从炎炎烈日之下一步跨进了冷清月光之下，虽然我已经无数次从太平间门口经过，走进去还是第一次，我感到太平间里十分凉爽。然后，我在那张干净的水泥床上躺了下来，我找到了午睡的理想之处。在后来一个又一个的炎热中午，我躺在太平间的水泥床上，感受舒适的清凉，有时候进入的梦乡会有鲜花盛开的情景。

我是在中国的"文革"里长大的，当时的教育让我成为一个彻底的无神论者，我不相信鬼的存在，也不怕鬼。所以当我在太平间干净的水泥床上躺了下来时，它对于我不是意味着死亡，而是意味着炎热夏天里的凉爽生活。

曾经有过几次尴尬的时候，我躺在太平间的水泥床上刚刚入睡，突然有哭泣哀嚎声传来，将我吵醒，我立刻意识到有死者光临了。在越来越近的哭声里，我这个水泥床的临时客人仓皇出逃，让位给水泥床的临时主人。

这是我的童年往事。成长的过程有时候也是遗忘的过程，我在后来的生活中完全忘记了这个令人颤栗的美好的童年经历：在夏天炎热的中午，躺在太平间象征着死亡的水泥床上，感受着凉爽的人间气息。

直到多年后的某一天，我偶尔读到了海涅的诗句："死亡是凉爽的夜晚。"

这个消失已久的童年记忆，在我颤动的心里瞬间回来了。像是刚刚被洗涤过一样，清晰无比地回来了，而且再也不会离我而去。

假如文学中真的存在某些神秘的力量，我想可能就是这个。就是让一个读者在属于不同时代、不同国家、不同民族、不同语言和不同文化的作家的作品那里，读到属于自己的感受。海涅写下的，就是我童年时在太平间睡午觉时的感受。

我告诉自己："这就是文学。"

二〇〇九年六月二十七日

我们的安魂曲

我只用一个夜晚读完了哈金的新作《南京安魂曲》，我不知道需要多少个夜晚还有白天才能抹去这部作品带给我的伤痛。我知道时间可以修改我们的记忆和情感，文学就是这样历久弥新。当我在多年之后找回这些感受时，伤痛可能已经成为隐隐作痛，那种来自记忆深处的疼痛。身体的伤疤可以愈合，记忆的隐隐作痛却是源远流长。

我想，哈金在写作《南京安魂曲》时，可能一直沉溺在记忆的隐隐作痛里。他的叙述是如此的平静，平静得让人没有注意到叙述的存在，可是带给读者的阅读冲击却是如此强烈。我相信这些强烈的冲击将会在时间的长河里逐渐风平浪静，读者在此后的岁月里回味《南京安魂曲》时，就会与作者一起感受记忆的隐隐作痛。

这正是哈金想要表达的，让我们面对历史的创伤，在追思和慰灵的小路上无声地行走。在这个意义上说，哈金写下了他自己的安魂曲，也写下了我们共同的安魂曲。

哈金早已是享誉世界的作家了。他出生于辽宁，在"文革"中长大，当过兵，一九八一年毕业于黑龙江大学，一九八四年获得山东大学北美文学硕士学位，一九八五年留学美国，他是改革开放后最早的出国留学生。这一代留学生拿着为数不多的奖学金，一边学习一边打工糊口，还要从牙缝里省下钱来寄回国内。哈金可能更加艰苦，因为他学习打工之余还要写作，而且是用英语写作。他对待写作精益求精，一部小说会修改四十多次，这部《南京安魂曲》也修改了这么多次。

我拿到这部书稿时，《南京安魂曲》的书名直截了当地告诉我：这是一部关于南京大屠杀的作品。我心想，哈金又在啃别人啃不动的题材了。虽然我已经熟悉他的写作，虽然我在他此前的小说里已经领略了他驾驭宏大题材的能力，我仍然满怀敬意。

南京大屠杀是中国现代史上无法愈合的创伤。侵华日军于一九三七年十二月十三日攻陷当时的首都南京，在南京城区及郊区对平民和战俘进行了长达六个星期的大规模屠杀、抢掠、强奸等战争罪行。在大屠杀中有三十万以上中国平民和战俘被日军杀害，南京城的三分之一被日军纵火烧毁。

在这简单的词汇和数字的背后，有着巨浪滔天似的鲜血和泪水，多少凄惨哀号，多少生离死别，多少活生生的个体在毁灭、耻辱、痛苦和恐惧里沉浮，仿佛是纷纷扬扬的雪花那样数不胜数，每一片雪花都是一个悲剧。要将如此宏大而又惨烈的悲剧叙述出来，是一次艰巨的写作。而且对于文学来说，光有宏大场景是远远不够的，还要叙述出这样的场景里那些个体的纷繁复杂。哈金一如既往地出色，他在看似庞杂无序的事件和人物里，为我们开辟出了一条清晰的叙述之路，同时又写出了悲剧面前的众生万象和复杂人性。

《南京安魂曲》有着纪录片般的真实感，触目惊心的场景和苦难中的人生纷至沓来。哈金的叙述也像纪录片的镜头一样诚实可靠，这是他一贯的风格。他的写作从来不会借助花哨的形式来掩饰什么，他的写作常常朴实得不像是写作，所以他的作品总是具有了特别的力量。

金陵女子学院是哈金叙述的支点，一所美国人办的学校，在南京被日军攻陷之后成为难民救济所。成千上万的妇女儿童和少数成年男子在这里开始了噩梦般的经历，日军在南京城的强奸杀戮也在这里展开，而中国难民之间的友情和猜忌、互助和冲突也同时展开。这就是哈金，他的故事总是在单纯里展现出复杂。《南京安魂曲》有着惨不忍睹的情景，也有温暖感人的细节；有友爱、信任和正义之举，也有自私、中伤和嫉妒之情……在巨大的悲剧面前，人性的光辉和人性的丑陋都在不断放大，有时候会在同一个人身上放大。

这部作品的宏大远远超出它所拥有的篇幅，想要在此作出简要的介绍是不可能的，也许可以简要地介绍一下作品中的人物，那也是捉襟见肘的工作。

明妮·魏德林，作为战时金陵女子学院的临时负责人，是故事的主角，这是一位无私的女性，她勇敢而执着，竭尽全力与日军抗争，努力保护所有的难民，可是最后遭受了妒忌和诽谤。故事的讲述者安玲，她的儿子战前去日本留学，娶了一位善良的日本女子，战争期间被迫入伍来到中国，作为日军战地医院的医生，这位反战的正直青年最后被游击队以汉奸处死。安玲在战后出席东京审判时与自己的日本儿媳和孙子相见不敢相认的情景令人感伤。

而感伤之后是感叹：人世间的可怕不只是种种令人发指的暴行，还有命运的无情冷酷，而命运不是上帝的安排，是人和人制造出来的。

二〇一一年八月二十六日

失忆的个人性和社会性

我读了谢尔·埃斯普马克的《失忆》。故事似乎是瑞典教育部门的一个腐败官员被"双规"了，面对纪检人员无法解释清楚自己远远高于薪水的灰色收入。这是一个失忆者的讲述，纪检人员似乎也是失忆者，甚至社会也是一个失忆的社会。作者把人的失忆和社会的失忆描写得丝丝入扣。

这是一部细致入微的书，里面的优美让我想起了普鲁斯特的《追忆似水年华》，里面的不安让我想起了弗洛伊德的《释梦》，里面时时出现的幽默让我想起了微笑。一个失忆者在滔滔不绝的讲述里（也是自言自语）寻找自己在这个世界里的痕迹：不可知的文件箱，一个新鲜的伤口，几个日期，一封信，一个地址，一份发言稿，旧日历等等生活的碎片，它们之间缺少值得信任的联结，而且这些碎片是否真实也是可疑的，但是这些碎片比失忆者更了解他自己，作者在写到一堆钥匙时说："其中一把钥匙比我自己更知道我的底细。"

我的阅读过程十分奇妙,就像我离家时锁上了门,可是在路上突然询问自己锁门了没有,门没有锁上的念头就会逐渐控制我的思维,我会无休止地在门是否锁上的思维里挣扎。或者说我在记忆深处寻找某一个名字或者某一件往事,当我觉得自己已经接近了的时候,有人在旁边说出了一个错误的名字或者错误的事件时,我一下子又远离了。

我似乎读到了真相,接着又读到了怀疑;我似乎读到了肯定,接着又读到了否定。这样的感觉像是在读中国的历史:建立一个朝代,推翻一个朝代,再建立一个,再推翻一个,周而复始。

因此我要告诉大家,这不是一部用银行点钞机的方式可以阅读的书,而是一部应该用警察在作案现场采集指纹的方式来阅读的书。或者说不是用喝的方式来阅读,应该是用品尝的方式来阅读。喝是迅速的,但是味觉是少量的;品尝是慢条斯理的,但是味觉是无限的。

埃斯普马克似乎指出了人是失去语法的,而这个世界是被语法规定好的,世界对于人来说就是一个无法摆脱的困境。而语法,在这部书中意味着很多,是权力,是历史,是现实等等,糟糕的是它们都是一个又一个的陷阱。这也是今天的主题,失忆的个人性和社会性。埃斯普马克的这部小说,既是观察自己的显微镜,也是观察社会的放大镜。

我想借此机会谈谈失忆的社会性,我要说两个例子。第一个是去年十一月，挪威举办了一个中国文学周，我当时在美国为英文版新书做宣传，没有前往。我的一位朋友去了，他回来告诉我，挪威的记者采访他的时候，都会问起前年的和平奖。今年十月我去了挪威，我在飞机上想好了如何回答和平奖的问题，结果没有一个记者问起和平奖，挪威的记者失忆了。他们都问我即将召开的十八大，我说我很难回答这个问题。第二个例子是最近的钓鱼岛争端，日本对待自己历史的态度令中国人气愤，可是仔细想想，我们对待自己历史的态度也是可以质疑的。二〇〇九年法兰克福书展期间，我们官方做了一个百年中国的展览，可是缺少了"大跃进""文革"……

中国有句俗话叫"抱着孩子找孩子"。一个母亲抱着自己的孩子焦急地寻找自己的孩子，她忘记了孩子就在自己的怀抱里，这是失忆的个人性；当所有看到这个"抱着孩子找孩子"母亲的人表现出了集体的视而不见时，这就是失忆的社会性了。

埃斯普马克比我年长三十岁，他和我生活在不同的国家、不同的时代、不同的历史和不同的文化里，可是《失忆》像是闹钟一样唤醒了我一些沉睡中的记忆，有的甚至是拿到了死亡证书的记忆。我想这就是文学的意义，这也是我喜欢《失忆》的原因。

我在此举一个例子说明。书中的失忆者始终在寻找一个名叫L的妻子（也许仍然是一个临时妻子），失忆者几乎完全忘记了L的一切，但是"我的感官记住了她的头发垂下的样子"。在一本被撕破的护照上残缺的照片里,"只能朦胧地可见一绺半长的头发"。

女性的头发对我和埃斯普马克来说是同样地迷人。时尚杂志总是对女性的三围津津乐道,当然三围也不错。然而对于埃斯普马克和我这样的男人来说,女性头发的记忆比三围美好得多。我有一个真实的经历,我二十来岁的时候,没有女朋友,当然也没有结婚,曾经在一个地方,我忘记是哪里了,只记得自己正在走上一个台阶,一个姑娘走下来,可能是有人叫她的名字,她急速转身时辫子飘扬起来了,辫梢从我脸上扫过,那个瞬间我的感官记住了她的辫梢,对于她的容貌和衣服的颜色,我一点也想不起来。这应该是我对女性最为美好的记忆之一,可是我竟然忘记了,毕竟三十多年过去了。现在,埃斯普马克让这个美好的记忆回到我身旁。

二〇一二年十月二十三日

我们与他们

在首尔国际文学论坛事务局拟定的几个题目里,我选择了"我们与他们"。论坛事务局将此界定为不同阶级、不同种族、不同集团、不同制度……之间的关系。我选择这个题目是因为这两者的关系可以是对立的,可以是互补的,也可以是转换的。

我是在中国的"文化大革命"中成长起来的,我们与他们在那个时代是简单清晰的对立关系,我们是无产阶级,他们是资产阶级,或者我们是社会主义,他们是资本主义。前者是指国内对立关系,后者是指国际对立关系。

我先来谈谈国际的,我在成长的岁月里对资本主义有着刻骨仇恨,其实我根本不知道资本主义长什么模样,我的仇恨完全是当时的教育培养出来的。美国是资本主义世界的老大,所以对美国的仇恨也是最为强烈的,当时的一句口号"打倒美帝国主义"可以在每天出版的报纸上看到,而且遍布中国城镇乡村的水泥墙、砖墙和土墙。当然我们知道要打倒的是美国的统治阶级,美国人民是我们的朋友，我们的宣传机器天天说美国人民生活在水深火热之中，我对水深火热的理解就是美国人民一个个都是皮包骨头破衣烂衫的样子，这样的理解可能是基于自身的生活经验，我当时身边的人一个个都是瘦子，衣服上打着补丁。总之中国与美国，我们与他们有着不共戴天的仇恨。所以在我刚刚进入十二岁的某一天，突然在报纸的头版看到毛泽东和尼克松友好握手的大幅照片时万分惊讶，我们与他们就这样握手了？此前我认为毛泽东见到尼克松会一把掐死他。

当时中国国内的对立关系就是报纸上广播里天天讲的无产阶级和资产阶级，其实那时候没有资产阶级了，资产阶级只是一个虚构，所谓的资产阶级也就是一九四九年以前的地主和资本家，这些前地主前资本家被剥夺财产之后被一次又一次地批斗，他们战战兢兢，他们的子女夹着尾巴做人，他们是真正生活在水深火热之中。我最初看到的事实让我感到资产阶级的生活是多么悲惨，我庆幸自己属于无产阶级，属于我们，不是属于他们。毛泽东去世之后，中国迎来了邓小平时代，邓小平的改革开放"让一部分人先富起来"，政治第一的社会摇身一变成为了金钱至上的社会，资产阶级不再可怕，开始光彩照人。价值观颠倒了过来，有钱意味着成功，意味着拥有社会地位，意味着受人尊敬，即使没有获得尊敬，也会获得羡慕。改革开放近四十年来，少数的我们成为了他们，大多数的我们梦想成为他们，还有不少的我们在仇恨他们的情绪里希望成为他们。

我们与他们,就是中国的一句老话:三十年河东,三十年河西。其实世间万物皆如此,我在写作这篇发言稿的时候,北京正在雾霾里,我看到窗外的一幢幢楼房像是一群高矮胖瘦不一的游击队员站在那里。这让我想起了冬天里的风雨。过去的冬天,风雨是可憎的,是寒冷中的寒冷。现在的冬天,风雨是可爱的,可以拨开雾霾见北京,可以呼吸清新一些的空气。

我们与他们,对立或转换,还有互补,可以说是无处不在,文学的写作也不会例外。

这么多年来,一直有人问我:"写作的时候是如何考虑广大读者的?"这个问题只是假设,实际上难以成立。如果一个作家写作时只是面对一个或者几个读者,作家又十分熟悉这几个读者,也许还能在写作时考虑读者;但是当写作面对的是几万几十万几百万的读者时,作家写作时是无法去考虑读者的,这些读者千差万别,作家无法知道他们要什么,而且不断变化,昨天欣赏你的写作,今天不欣赏了,或者今天不欣赏你,明天回过头来又欣赏了。中国有句成语叫众口难调,再好的厨师做出来的菜也无法满足所有食客的舌尖,即使感到满足的食客,吃腻了又不满足了。

作家可以为一个读者写作,只能是一个,就是作家自己,这就是我们与他们的关系。如果把写作设定成我们,把阅读设定成他们,那么写作的过程就是一个对立、转换和互补的过程。所有的作家同时也是读者，或者说首先是读者，大量阅读获得的感受会成为叙述标准进入到写作之中，所以作家写作时拥有作者和读者的双重身份，作者的身份是让叙述往前推进，期间感到这个段落有问题、这句话没写好、这个词汇不准确时，这是读者的身份发言了。可以这么说，写作时作者的身份负责叙述前进，读者的身份负责叙述前进时的分寸。这就是写作中的我们与他们，有时候一帆风顺，我们及时做出了修改，他们及时表示了满意；有时候僵持不下，我们认为没有问题，他们认为问题很大，或者我们修改了一次又一次，他们还是不满意，我们不耐烦了。这时候怎么办？最好的办法就是休息几天再回来看看。就像政治家们因为国家的核心利益僵持不下时常用的办法：搁置争议，让下一代来处理，相信下一代比我们更有智慧。休息几天确实很有效果，我们与他们往往很快就能达成一致，不是我们承认确实没写好，就是他们承认胡搅蛮缠了，然后我们继续推进叙述，他们继续把握叙述的分寸。有时候会有斗争，这样的时候好像不多，但是我们与他们一旦有了斗争，很可能是你死我活的斗争，有点像"文革"时期的中国和美国的斗争，不是东风压倒西风，就是西风压倒东风。当然不管斗争如何激烈，到头来还是像毛泽东和尼克松友好握手那样，我们与他们的最终结果还是握手言欢。

很多年前，我和一位厨师长聊天，他问我："怎样才能成为一个好作家？"

我说:"要想成为一个好作家,先要成为一个好读者。"

他又问:"怎样才能成为一个好读者?"

我说:"第一,要去读伟大的作品,不要去读平庸的作品。长期读伟大作品的人,趣味和修养就会很高,写作的时候自然会用很高的标准要求自己;长期读平庸作品的人,趣味和修养也会平庸,写作时会不知不觉沉浸在平庸里。第二,所有的作品都存在缺点,包括那些伟大的作品,读的时候不要去关心作品中的缺点,应该关心优点,因为别人的缺点和你无关,别人的优点会帮助你提高自己。"

他点点头,对我说:"做厨师也一样,品尝过美味佳肴的能做出好菜。我经常派手下的厨师去其他餐馆吃饭来提高他们的厨艺,我发现总说其他餐馆的菜不好的厨师没有进步,总说其他餐馆的菜做得好的厨师进步很大。"

二〇一七年五月二十三日

我只知道人是什么

二〇一〇年五月,我参加耶路撒冷国际文学节期间,去了犹太人大屠杀纪念馆。纪念馆在一座山上,由不同的建筑组成,分成不同的部分。二战期间纳粹杀害了六百多万犹太人,已收集到姓名和身份的有四百多万,还有一百多万死难者没有确认。有一个巨大的圆锥状建筑的墙上贴满了死难者的遗像,令人震撼。死难儿童纪念馆也是圆形建筑,里面的墙是死难儿童的照片交替出现组成的,里面的光也是由这些交替出现的照片带来的,一个沉痛的母亲的声音周而复始呼唤一百多万个死难儿童的名字。纪念馆的希伯来文原名来自《圣经》里的"有记念,有名号",原文是:"我必使他们在我殿中,在我墙内,有记念,有名号,比有儿女的更美。我必赐他们永远的名,不能剪除。"

纪念馆还有一处国际义人区,这是为了纪念那些在大屠杀期间援救犹太人的非犹太人。展示的国际义人有两万多人,他们中间一些人的话被刻在柱子上和墙上,有些已是名言,比如德国牧师马丁·尼莫拉那段著名的话:"起初他们屠杀共产主义者,我没有说话,因为我不是共产主义者;后来他们屠杀犹太人,我也没有说话,因为我不是犹太人;后来他们杀工会人士,我还是没有说话,因为我不是工会人士;再接下来,他们杀天主教徒,我仍然保持沉默,因为我是新教徒。最后他们要杀我了,已经没有人为我说话了,因为能够说话的人都被他们杀光了。"也有不知名的人的话也刻在那里,一个波兰人说下了一句让我难忘的话。这是一个没有什么文化的波兰农民,他把一个犹太人藏在家中的地窖里,直到二战结束,这个犹太人才走出地窖。以色列建国后,这个波兰人被视为英雄请到耶路撒冷,人们问他,你为什么要冒着生命危险去救一个犹太人,他说:我不知道犹太人是什么,我只知道人是什么。

"我只知道人是什么"这句话说明了一切,我们可以在生活里、在文学和艺术里寻找出成千上万个例子来解释这句话,无论这些例子是优美的还是粗俗的;是友善和亲切的,还是骂人的脏话和嘲讽的笑话;是颂扬人的美德,还是揭露人的暴行——在暴行施虐之时,人性的光芒总会脱颖而出,虽然有时看上去是微弱的,实质无比强大。

我在耶路撒冷期间,陪同我的一位以色列朋友给我讲述了一个真实的故事。他的叔叔是集中营里的幸存者,他被关进集中营的时候还是一个孩子,父亲和他在一起。二战结束以后,他从未说起在集中营里的经历，这是很多集中营幸存者的共同选择，他们不愿意说，是因为他们无法用记忆去面对那段痛苦往事。当他老了，身患绝症，他儿子（一个纪录片导演）鼓励他把那段经历说出来，他同意了，面对镜头老泪纵横说了起来，现场摄制的人哭成一片。他说有一天，几个纳粹军官让集中营里的犹太人排成长队，然后纳粹军官们玩起了游戏，一个拿着手枪的纳粹军官让另一个随便说出一个数字，那个人说了一个七。拿手枪的纳粹军官就从第一个数，数到第七个时举起手枪对准这第七个的额头扣动扳机。拿手枪的纳粹军官逐渐接近他的时候，他感到父亲悄悄把他拉向旁边，与他换了一下位置，然后他才意识到自己刚才站在七的位置上。那个纳粹军官数着数字走来，对准他父亲的额头开枪，父亲倒了下去，死在他面前，那时候他不到十岁。

说点轻松的，也是二〇一〇年，我去南非现场看世界杯，学会了好几种骂人的脏话，因为每场比赛两边的球迷都用简单的词汇互骂，我记住了。可能是我个人的原因，什么样的脏话都是一学就会，现在这些脏话全忘了——后来没机会用。差不多十年前，我家里的餐桌是在宜家买的，桌面是一块玻璃，上面印有几十种文字的"爱"，开始的时候我看着它心想这世界上有多少数量的爱？有意思的是，为什么全世界的球迷在为己方球队助威时都用脏话骂对方球队，为什么世界上所有的语言里都有"爱"？这让我想起两个中国成语，异曲同工和殊途同归，接下去我就说说这个。

中国的明清笑话集《笑林广记》里有一个故事：一个人拿着一根很长的竹竿过城门，横着拿过不去，竖起来拿也过不去。一位老者看到后对他说，我虽然不是圣贤，也是见多识广，你把竹竿折断成两截就能拿过去了。法国有个笑话，这是现代社会里的笑话：一个司机开一辆卡车过不了桥洞，卡车高出桥洞一些，司机不知所措之时，有行人站住脚，研究了一会儿，对司机说，我有一个好主意，你把四个车轮卸下来，卡车就可以开过去了。

这两个笑话的时间地点相隔如此遥远，一个是明清时期，一个是二十世纪；一个在中国，一个在法国。可是这两个笑话如出一辙，这说明了什么？应该说明了很多，我说不清楚，别人也说不清楚，也许有一点说明了，就是一句耳熟能详的口头禅——人都是一样的。

我再说说两个与我有关的故事，第一个是《许三观卖血记》，小说里的许玉兰感到委屈时就会坐到门槛上哭诉，把家里的私事往外抖搂，这是基于我童年时期的生活，当时我家的一个邻居就是这样。这部小说一九九九年出版了意大利文版后，一位意大利读者对我说，那不勒斯有不少像许玉兰这样的女人，隔些天就会坐到门口哭诉爆料。第二个是《兄弟》，十二年前在中国出版时受到很多批评，二〇〇八年出版法文版时，一位法国女记者采访我时对此很好奇，问我为什么《兄弟》在中国遭受那么多的批评，哪些章节冒犯了他们。我告诉她有几个章节，首先是李光头在厕所里偷窥，我还没有说其他的，这位女记者就给我说起法国男人如何在厕所里偷窥的故事。这下轮到我好奇了，我说，李光头在厕所里偷窥的故事发生在中国的"文革"时期，那是一个性压抑的年代，你们法国的男人和女人上床并不那么困难，为什么还要去厕所偷窥？她说，这是你们男人的本性。

类似的故事我可以继续往下说，与我无关的应该比与我有关的还要多，让我说一千零一夜是不可能的，说一百零一夜还是有可能的。从上述角度看，知道人是什么似乎很简单。可是换一个角度，从那位朴实善良的波兰农民的角度来看，知道人是什么就不那么简单了。"犹太人"在他的知识结构之外，他不知道，但是他知道人是什么，因此冒着生命危险去救犹太人。这个勇敢的行为意味着什么？我们可以称之为人性的力量，同时也意味着他确实知道人是什么，这样的人可能没有我们认为的那么多。

安德烈·塔可夫斯基知道人是什么，他在《雕刻时光》里谈到"影像思考"时，讲述曾经听来的两个真实故事，第一个故事是："一群叛军在执刑的队伍之前等待枪决，他们在医院墙外的洼坑之间等待，时序正好是秋天。他们被命令脱下外套和靴子。其中一名士兵，穿着满是破洞的袜子，在泥坑之间走了好长一段时间，只为寻找一片净土来放置他几分钟之后不再需要的外套和靴子。"

这个令人心酸的故事意味深长，我们可以将其理解为一个告别生命的仪式，也可以理解为这不再需要的外套和靴子是存在的延续。我们可以从很多角度来理解这个最后时刻的行为，如果是在平常，外套和靴子对于这个士兵来说就是外套和靴子，但是行将被枪决之时，外套和靴子的意义不言而喻。这个士兵在寻找一片净土放置它们时没有死亡恐惧了，他只想把外套和靴子安顿好，这是他无声无字的遗嘱。

塔可夫斯基讲述的第二个故事是："一个人被电车碾过，压断了一条腿，他被扶到路旁房子的外面靠墙而坐，在睽睽众目的凝视下，他坐在那儿等待救护车来到。突然间，他再也忍不住了，从口袋里取出一条手帕，把它盖在被截断的腿上。"

塔可夫斯基讲述这两个故事是为了强调艺术影像应该"忠实于角色和情境，而非一味追求影像的表面诠释"。这第二个故事让我脑海里出现了西班牙作家哈维尔·马里亚斯《如此苍白的心》的开头部分，这是近年来我读到的小说里最让我吃惊的开头，马里亚斯也是一个知道人是什么的作家，《如此苍白的心》是一部杰作。马里亚斯的杰作是这样开始的："我虽然无意探究事实，却还是知道了，两个女孩中的一人——其实她已经不再是所谓的女孩了——蜜月旅行回家之后没多久，便走进浴室，面对镜子，敞开衬衫，脱下胸罩，拿她父亲的手枪指着自己的心脏。事发当时，女孩的父亲正和部分家人及三位客人在餐厅里用餐。女孩离开饭桌约五分钟后，随即传来了巨响。"马里亚斯小说的第一部分用了不分段落的满满五页，精准描写了在场所有人对女孩突然自杀的反应。尤其是女孩的父亲，他和同行的人跑到浴室时嘴里含着一块还没有吞咽下去的肉，手里还拿着餐巾，看到躺在血泊里的女儿时他呆滞不动，"直到察觉有胸罩丢在浴缸里才松手把这块还攥在手里或是已经落到手边的餐巾覆盖在胸罩上面。他的嘴唇也沾上了血迹。仿佛目睹私密内衣远比看到那具躺卧着的半裸躯体更让他羞愧"。

同样都是遮盖，呈现出来的都是敞开，我的意思是说，这两个遮盖的举动向我们敞开了一条通往最远最深的人性之路，而且是那么的直接有力。不同的是，塔可夫斯基讲述了影像中羞愧的力量，马里亚斯讲述了叙述里惊恐的力量。设想一下，如果那个等待救护车的人没有用手帕盖在被截断的腿上，而是用手指着断腿处以此博取路人同情，那么这个故事的讲述者不会是塔可夫斯基；如果那个父亲不是把餐巾覆盖在胸罩上面，而是试图盖住女儿半裸的躯体，那么这个细节的描写者不会是马里亚斯。

安德烈·塔可夫斯基是一九八六年去世的苏联导演，他留给我们的电影经久不衰，哈维尔·马里亚斯是一九五一年出生的西班牙作家，至今仍在生机勃勃地写作。作为导演，塔可夫斯基讲述这个故事的目的是为了阐明什么是真正的艺术影像，就是构思和形式的有机结合。作为作家，马里亚斯描写出来的这个细节呈现的是文学里无与伦比的魅力，就是文学如何洞察生活呈现真实的魅力。

接下去我再说些轻松的。我先说了一个沉重的大屠杀纪念馆和一个悲惨的集中营故事,此后是两个轻松的笑话和两个与我有关的故事,接着是这三个令人不安的故事,为了最后的轻松,我拜访了鲁迅和莎士比亚,这两位都是有时候沉重有时候轻松,毫无疑问,这两位都是知道人是什么的作家。

鲁迅《狂人日记》里的例子我在中国举过多次,莎士比亚的例子我也举过,现在再次举例是为了讲述一个我自己的经历。

《狂人日记》里的那个精神失常者上来就说:"不然,那赵家的狗,何以看我两眼呢?我怕得有理。"我以前说过,鲁迅写一句话就让一个人物精神失常了,有些作家为了让笔下的人物精神失常写了几千上万字,应该说是尽心尽力了,结果人物还是正常。再来举个莎士比亚的例子,他的《维洛那二绅士》里面有一出幕外戏,一个鼻青眼乌的人牵着一条狗走到舞台中央停下,开始埋怨狗:"唉,一条狗当着众人面前,一点不懂规矩,那可真糟糕!按道理说,要是以狗自命,做起什么事来都应当有几分狗聪明才对。可是它呢?倘不是我比它聪明几分,把它的过失认在自己身上,它早给人家吊死了。你们替我评评理看,它是不是自己找死?它在公爵食桌底下和三四条绅士模样的狗在一起,一下子就撒起尿来,满房间都是臊气。一位客人说,'这是哪儿来的癞皮狗?'另外一个人说,'赶掉它!赶掉它!'第三个人说,'用鞭子把它抽出去！'公爵说，'把它吊死了吧。'我闻惯了这种尿臊气，知道是克来勃干的事，连忙跑到打狗的人面前，说，'朋友，您要打这狗吗？'他说，'是的。'我说，'那您可冤枉了它了，这尿是我撒的。'他就干脆把我打一顿赶了出来。天下有几个主人肯为他的仆人受这样的委屈？"

鲁迅和莎士比亚描写精神失常的人物时，说话都是条理清楚，他们是通过话里表达出来的意思显示出这个人物已经失常的精神状态。不少作家描写精神失常的方式都是让人物说话语无伦次，而且中间还没有标点符号，这已经成套路了，一大堆莫名其妙的语言黑压压的摆在那里，这些作者以为用几页甚至十几页人物不知所云的说话可以让读者感受到这个人物精神失常了，这只是作者的一厢情愿，如果读者感觉到有人精神失常的话，也不会认为是作品里的人物，而是怀疑这个作者精神失常了。

二〇一四年十一月我去意大利的时候，邀请方给我安排了一个特别的活动，让我去维罗纳地区的一家精神病医院和一群精神病患者进行一场文学对话，就是莎士比亚《维洛那二绅士》的那个地方。邀请方给我安排的翻译很紧张，不过她看上去还是比较镇静。她开车来旅馆接上我，在去精神病医院的路上她说了几遍"这真是一个奇怪的活动"，她说院方保证参加活动的都是没有暴力倾向的精神病患者，她这话是在安慰我，不过听上去更像在安慰她自己。我开玩笑说，院方保证的只是过去没有出现过暴力倾向的,并不能保证今天不出现。她听后"啊"地叫了一声,然后又说"这个活动太奇怪了"。我们来到精神病医院的门口,应该是监控摄像头看到了事先登记过的车牌号,大铁门徐徐打开,我听到机械的响声。开车进去后我看到了一个很大的花园,里面有几幢不同颜色的建筑,我们在最大的那幢前面停下,我心想这应该是主楼。

我们先去了院长办公室,院长是一位女士,她握着我的手说,你能来我们太高兴了。然后请我们坐下,问我们要咖啡还是茶,我们两个都要了咖啡。喝咖啡的时候,院长说每年都会有一位作家或者艺术家来这里,她说病人们需要文学和艺术。院长问我,你在中国去过精神病医院做演讲吗?我说没有。

喝完咖啡,我们去了一个会议室,里面坐了三十来个病人。我们走到里面的一张桌子后面坐下,面对这些病人,院长站在我的左侧,就像其他地方的文学活动一样,院长介绍了我,我不记得当时这些病人鼓掌了没有,我的注意力被他们直勾勾看着我的眼睛吸引过去了,院长说话的时候我拿出手机拍下了他们,我感觉他们的目光铁钉似的瞄准了我的眼睛,好在后面没有榔头。院长介绍完就出去了,会议室的门关上以后,我注意到一个强壮的男人站在门那边,用严肃的眼神审视屋子里的病人,他没有穿白大褂,我心想他不是医生,可能是管理员。

我们沉默了一会儿,我第一次置身这样的场合,不知道怎么开始，我的翻译小声问是不是可以开始了，我点点头对他们说，请你们问我一些问题吧。翻译过去以后仍然是沉默，我继续说，文学的问题和非文学的问题都可以问。等了一会儿，第一个问题来了，一位女士问，你是意大利人吗？我摇摇头说，我是中国人。接着一位男士问我，你可以介绍一下自己吗？我简单地介绍了自己，一个来自中国的作家，过去在中国的南方生活，现在住在北京。此后就顺利了，他们问的都是简单的文学问题，我的回答也很简单。没有人问到我的作品，我知道他们没有读过我的书。我注意到他们提问时几乎都是将身体前倾，像是为了接近我，我回答后他们的身体没有回到原位，前倾的姿态一直保持了下去。这个活动进行了大约四十分钟，最后提问的是那位站在门边的强壮男人，此前他给我的感觉是一直在监视这些病人，所以我认为他是医院的管理员。他提了两个问题，第一个是问我在中国做一名作家怎么样？我说很好，可以晚上睡觉，也可以白天睡觉，作家的生活里不需要闹钟，自由自在。他听完后严肃地点点头，问了第二个问题，你生活在意大利哪个城市？我心里咯噔一下，这个我一直以为是管理员的竟然也是病人，这个屋子里除了我和翻译，全是病人，而且门关着，最强壮的那个还是守门员。我回答了最后一个问题，我生活在中国的北京。

外面有人推门进来，是院长女士，活动结束了。往外走的时候我问翻译，你能听懂他们说的话吗？翻译有些惊讶，她说当然能听懂,他们说的是意大利语。她理解错了我的意思,我继续问她,他们说话没有颠三倒四?她说,他们说话很清楚。我的翻译不知道,那一刻我突然想到了前面举过的鲁迅和莎士比亚的两个例子。

院长送我们到门外,她再次向我表达了感谢,感谢之后是询问我接下来在意大利的行程,她对我此后要去的每一个地方都是赞美一番,所以我们在那里站了一些时间。那时候应该是午饭时刻,刚才和我坐在一个屋子里的这些病人一个个从我面前走过,有的对我视而不见,有的对我点一下头。我注意到一个男人拉住了一个女人的手,还有一个男人搂住了一个女人的肩膀,看上去他们都是五十来岁的年纪,亲密无间地走向他们的食堂。好奇心驱使我问了院长一个问题,住在你们医院的病人里有没有是夫妻的?院长说没有。

我们上了车,这次开到大铁门那里,门迟迟没有打开,我的翻译有些焦虑,我再次开玩笑说,我们可能要留在这里了。翻译放在方向盘上的双手立刻举了起来,她叫道:"不要。"然后我们听到机械的响声,大铁门正在慢慢打开。我们离开精神病医院后,翻译一边开车一边对我说:"我很紧张。"她一直很紧张,此前没有说是为了不影响我,我们离开精神病医院后她吐露真言。

后来的行程里,我不时会想起维罗纳那家精神病医院的文学活动。我此前觉得精神病患者生活在一个黑暗的无底洞里,但是那两对男女亲密走去的身影改变了我的想法,因为那里有爱情。

那两个男的和那两个女的,他们可能各有妻子和丈夫,如果是这样,他们的妻子和丈夫应该会定期来看望他们,可能中间的某一个某两个甚至某三个和四个已经离婚了,或者从来没有过婚姻,这些都不重要,重要的是那里有爱情。

二〇一七年九月十四日

辑二：一个记忆回来了

一个记忆回来了

潘卡吉·米什拉问我："你早期的短篇小说充满了血腥和暴力，后来这个趋势减少了，为什么？"

这个问题十多年前就缠绕我了，我不知道已经回答了多少次。中国的批评家们认为这是我写作的转型，他们写下了数量可观的文章，从各个角度来论述，一个作品中充满了血腥和暴力的余华，是如何转型成一个温情和充满爱意的余华。我觉得批评家们神通广大，该写的都写了，不该写的好像也写了，就是我的个人生活也进入到了他们的批评视野，有文章认为是婚姻和家庭促使我完成写作的转型，理由是我有一个漂亮的妻子和一个可爱的儿子，幸福的生活让我的写作离血腥和暴力越来越远……这个问题后来又出口到了国外，当我身处异国他乡时也会常常面对。

我觉得这是一个有趣的情景，十多年来人们经常向这个余华打听另外一个余华：那个血腥和暴力的余华为何失踪了？

现在，我的印度同行也这样问我，我想是认真回答这个问题的时候了，应该发布一个非盗版的回答。需要说明的是，回答这个问题的家伙是《兄弟》出版之前的余华，而不是之后的。法国评论家 Nils C. Ahl 说《兄弟》催生了一个新的余华。他的理由是，一本书有时候会重塑一个作家。一些中国的朋友也说过类似的话，我本人十分赞同。于是《兄弟》出版之后的余华也许要对两个失踪了的余华负责，不是只有一个了。如何解释第二个失踪的余华，是我以后的工作，不是现在的。

一九九一年、一九九二年和一九九五年，我分别出版了《在细雨中呼喊》《活着》和《许三观卖血记》，就是这三部长篇小说引发了关于我写作风格转型的讨论，我就从这里开始自己的回答。

首先我应该申明：所有关于我写作风格转型的评论都是言之有理，即便是与我的写作愿望大相径庭的评论也是正确的。为什么？我想这就是文学阅读和批评的美妙之处。事实上没有一部小说能够做到真正完成，小说的定稿和出版只是写作意义上的完成；从阅读和批评的角度来说，一部小说是永远不可能完成或者是永远有待于完成的。文学阅读和批评就是从不同的角度出发，如同是给予世界很多的道路一样，给予一部小说很多的阐释、很多的感受。因此，文学阅读和批评的价值并不是指出了作者写作时想到的，而是指出了更多作者写作时所没有想到的。一部开放的小说，可以让不同生活经历、不同文化背景的读者获得属于自己的理解。

基于上述前提，以下我的回答虽属正版，仍然不具有权威性，纯属个人见解。因为一部小说出版以后,作者也就失去其特权,作者所有针对这部小说的发言,都只是某一个读者的发言。

我的回答由两个部分组成。第一部分是为什么我在一九八〇年代的短篇小说里,有这么多的血腥和暴力;第二部分是为什么到了一九九〇年代的长篇小说里,这个趋势减少了。回答这样的问题并不容易,不是因为没有答案,而是因为答案太多。我相信作为一位小说家的潘卡吉·米什拉,他知道我有很多的回答可以选择,我可以滔滔不绝地说上几天,把自己说得口干舌燥,然后发现自己仍然没有说完,仍然有不少答案在向我暗送秋波,期待着被我说出来。

经验告诉我,过多的答案等于没有答案,真正的答案可能只有一个。所以我决定只是说出其中的一个,我想可能是最重要的一个。至于是不是那个真正的答案,我不得而知。

现在我又要说故事了,这是我的强项。很久以来,我始终有一个十分固执的想法,我觉得一个人成长的经历会决定其一生的方向。世界最基本的图像就是这时候来到一个人的内心深处,如同复印机似的,一幅又一幅地复印在一个人的成长里。在其长大成人以后,不管是成功,还是失败;不管是伟大,还是平庸;其所作所为都只是对这个最基本图像的局部修改,图像的整体是不会被更改的。当然,有些人修改得多一些,有些人修改得少一些。我相信毛泽东的修改,肯定比我的多。

我觉得是自己成长的经历，决定了我在一九八〇年代写下那么多的血腥和暴力。"文化大革命"开始时，我念小学一年级；"文化大革命"结束时，我高中毕业。我的成长目睹了一次次的游行、一次次的批斗大会、一次次的造反派之间的武斗，还有层出不穷的街头群架。在贴满了大字报的街道上见到几个鲜血淋淋的人迎面走来，是我成长里习以为常的事情。这是我小时候的大环境，小环境也同样是血淋淋的。我的父母都是医生，我和哥哥是在医院里长大的，我们在医院的走廊和病房里到处乱窜，习惯了来苏儿的气味，习惯了嚎叫的声音和呻吟的声音，习惯了苍白的脸色和奄奄一息的表情，习惯了沾满血迹的纱布扔在病房里和走廊上。我们的父亲时常是刚刚给患者做完手术，手术服上和口罩上血迹斑斑，就在医院里到处走动，喊叫我们的名字，要我们立刻到食堂去吃饭。

当时医院的手术室是一间简陋的平房，有时候我和哥哥会趁着护士不在手术室门外的时候，迅速地长驱直入，去看看正在给病人进行手术的父亲，看到父亲戴着透明手套的手从病人肚子上划开的口子伸进去，扒拉着里面的肠子和器官。父亲发现我们兄弟两个站在一旁偷看手术过程时，就会吼叫一声：

"滚出去！"

我们立刻逃之夭夭。

然后在一九八六年至一九八九年，我突然写下了大面积的血腥和暴力。中国的文学批评家洪治纲教授在二〇〇五年出版的《余华评传》里，列举了我这期间创作的八部短篇小说，里面非自然死亡的人物竟然多达二十九个。

这都是我从二十六岁到二十九岁的三年里所干的事，我的写作在血腥和暴力里难以自拔。白天只要写作，就会有人物在杀人，就会有人物血淋淋地死去。到了晚上我睡着以后，常常梦见自己正在被别人追杀。梦里的我孤立无援，不是东躲西藏，就是一路逃跑，往往是我快要完蛋的时候，比如一把斧子向我砍下来的时候，我从梦中惊醒了，大汗淋漓，心脏狂跳，半晌才回过神来，随后发出由衷的庆幸：

"谢天谢地！原来只是一个梦。"

可是天亮以后，当我坐在书桌前继续写作时，立刻好了伤疤忘了疼，在我笔下涌现出来的仍然是血腥和暴力。好像凡事都有报应，晚上我睡着后，继续在梦中被人追杀。这三年的生活就是这么的疯狂和可怕，白天我在写作的世界里杀人，晚上我在梦的世界里被人追杀。如此周而复始，我的精神已经来到崩溃的边缘，自己却全然不觉，仍然沉浸在写作的亢奋里，一种生命正在被透支的亢奋。

直到有一天，我做了一个漫长的梦，以前的梦都是在自己快要完蛋的时候惊醒，这个梦竟然亲身经历了自己的完蛋。也许是那天我太累了，所以梦见自己完蛋的时候仍然没有被吓醒。就是这个漫长的梦，让一个真实的记忆回来了。

先来说一说这个真实的记忆。"文革"时期的小镇生活虽然不乏暴力，可是十分的枯燥和压抑。在我的记忆里，一旦有犯人被枪毙，整个小镇就会像过节一样热闹。当时所有的审判都是通过公判大会来完成的。等待判刑的犯人站在中间，犯人胸前都挂着大牌子，牌子上写着他们所犯下的罪行，反革命杀人犯、强奸杀人犯和盗窃杀人犯等等。在犯人的两旁一字排开陪斗的地主和右派，还有历史反革命和现行反革命。犯人低头弯腰站在那里，听着一个个慷慨激昂的声音对自己长篇大论的批判，批判稿的最后就是判决词。

我生活的小镇在杭州湾畔，每一次的公判大会都是在县中学的操场上进行。中学的操场挤满了小镇的居民，挂着大牌子的犯人站在操场的主席台前沿，后面坐着县革命委员会的成员，通常是由县革命委员会指定的人站在麦克风前，大声念着批判稿和最后的判决词。如果有犯人被五花大绑，身后又有两个持枪的军人威风凛凛，那么这个犯人一定会被判处死刑。

我从童年开始就站在中学的操场上了，经历了一次又一次的公判大会，听着高音喇叭里出来的激昂的声音，判决书其实是很长的批判稿，前面的部分都是毛泽东说过的话和鲁迅说过的话，其后的段落大多是从《人民日报》上抄下来的，冗长乏味，我每次都是两条腿站立得酸痛了，才会听到那个犯人是什么罪行。最后的判决词倒是简明扼要，只有八个字：

判处死刑，立即执行！

"文革"时期的中国，没有法院，判刑后也没有上诉，而且我们也没有听说过世界上还有一种职业叫律师。一个犯人被公判大会判处死刑以后，根本没有上诉的时间，直接押赴刑场执行枪决。

当"判处死刑，立即执行"的声音响过之后，台上五花大绑的犯人立刻被两个持枪的军人拖了下来，拖到一辆卡车上，卡车上站立着两排荷枪实弹的军人，其气势既庄严又吓人。卡车向着海边行驶，后面是上千的小镇居民蜂拥跟上，或骑车或奔跑，黑压压地涌向海边。我从童年到少年，不知道目睹了多少个判处死刑的犯人，他们听到对自己的判决那一刻，身体立刻瘫软下来，都是被两个军人拖上卡车的。

我曾经近在咫尺地看到一个死刑犯人被拖上卡车的情景，我看到犯人被捆绑在身后的双手，可怕的双手，由于绳子绑得太紧，而且绑的时间也太久，犯人两只手里面的血流早已中断，犯人的双手不再是我们想象中的苍白，而是发紫发黑了。后来的牙医生涯让我具有了一些医学知识，我才知道这样发紫发黑的手已经坏死。那个犯人在被枪毙之前，他的双手已经提前死亡。

枪毙犯人是在海边的两个地方，我们称之为北沙滩和南沙滩。我们这些小镇上的孩子跟不上卡车，所以我们常常事先押宝，上次枪毙犯人是在北沙滩，这次就有可能在南沙滩了。当公判大会

139

刚刚开始，我们这些孩子就向着海边奔跑了，准备抢先占据有利位置，当我们跑到南沙滩，看到空无一人，就知道跑错地方了，再往北沙滩跑已经来不及了。

有几次我们几个孩子跑对了沙滩，近距离观看了枪毙犯人。这是我童年时最为震颤的情景，荷枪实弹的军人站成一个圆形，阻挡围观的人群挤过去，一个执行枪决的军人往犯人的腿弯处踢上一脚，犯人立刻跪在了地上，然后这个军人后退几步，站在鲜血溅出的距离之外，端起了步枪，对准犯人的后脑，"砰"地开出一枪。我感到，一颗小小子弹的威力超过一把大铁锤，一下子就将犯人砸倒在地。执行枪决的军人在开出一枪后，还要走上前去，检查一下犯人是否已经死亡，如果没有死亡，还要补上一枪。当军人将犯人的身体翻转过来时，我就会看到令我全身发抖的情景，子弹从后脑进去时只是一个小小的洞眼，从前面出来后，犯人的前额和脸上破碎不堪，前面的洞竟然像我们吃饭用的碗那么大。

接下来让我的讲述回到那个漫长和可怕的梦，也就是我亲身经历自己如何完蛋的梦。这个梦发生在一九八九年底的某个深夜，睡梦中的我被绳子五花大绑，胸前挂着大牌子，站在我们县中学操场的主席台前沿，我的身后站着两个持枪的军人，我的两旁站着陪斗的地主、右派和反革命分子，小镇名流黑笔杆子倒是没有出现在我的梦里。我梦中的台下挤满了乌云般的人群，他们的声音仿佛雨点般地响着。我听着高音喇叭里响着一个庄严的批判声，那个声音在控诉我的种种罪行，我好像犯下了很多不同种类的杀人罪，最后是判决的八个字：

判处死刑，立即执行。

话音刚落，一个持枪的军人从后面走到我的身旁，慢慢举起了他手中的步枪，对准了我的脑袋，我感觉枪口都顶到了我的太阳穴。接着我听到了"砰"的一声枪响，我知道这个军人开枪了。梦中的我被击倒在台上，奇怪的是我竟然站了起来，而且还听到台下嗡嗡的人声。我觉得自己的脑袋被子弹击空了，像是砸了一个洞的鸡蛋，里面的蛋清和蛋黄都流光了。梦中的我顶着一个空蛋壳似的脑袋，转过身去，对着开枪的军人大发雷霆，我冲着他喊叫：

"他妈的，还没到沙滩呢！"

然后我从梦中惊醒过来，自然是大汗淋漓和心脏狂跳。可是与以前从噩梦中惊醒的情景不一样，我不再庆幸自己只是做了一个梦，我开始被一个回来的记忆所纠缠。中学的操场，公判大会，死刑犯人提前死亡的双手，卡车上两排荷枪实弹的军人，沙滩上的枪决，一颗子弹比一个大铁锤还要威力无穷，死刑犯人后脑精致的小洞和前额破烂的大洞，沙滩上血迹斑斑……可怕的情景一幕幕在我眼前重复展现。

我扪心自问，为何自己总是在夜晚的梦中被人追杀？我开始意识到是白天写下太多的血腥和暴力。我相信这是因果报应。于是在那个深夜，也可能是凌晨了，我在充满冷汗的被窝里严肃地警告自己：

"以后不能再写血腥和暴力的故事了。"

就这样，我后来的写作像潘卡吉·米什拉所说的那样：血腥和暴力的趋势减少了。

现在，差不多二十年过去了。回首往事，我仍然心有余悸。我觉得二十年前的自己其实走到了精神崩溃的边缘，如果没有那个经历了自己完蛋的梦，没有那个回来的记忆，我会一直沉浸在血腥和暴力的写作里，直到精神失常。那么此刻的我，就不会坐在北京的家中，理性地写下这些文字；此刻的我，很有可能坐在某个条件简陋的精神病医院的床上，面对巨大的黑暗发呆。

有时候，人生和写作其实很简单，一个梦，让一个记忆回来了，然后一切都改变了。

二〇一〇年九月二十日

录像带电影

可能是在一九八八年的某一天，那时我正在鲁迅文学院上学，我从北京东部的十里堡来到西部的双榆树，挤进狭窄和慢速的电梯，然后用手指的关节敲响吴滨的家门。当时吴滨刚刚发表了一组《城市独白》的小说，意气风发地和王朔他们搞起了一家名叫海马的影视创作公司。现在我已经忘记了自己当时转了几次公交车，忘记了是在秋天里还是在冬天里从东到西穿越了北京城，只记得自己是独自一人，还记得自己那时留着胡须，而且头发遮掩了耳朵。我坐在并不比电梯宽敞多少的客厅里，从下午一直到深夜，我忘记了和吴滨刘霞说了什么话，也忘记了这对十多年前就分手的夫妇请我吃了什么，我只记得中间看了一部让我铭心刻骨的录像带电影，英格玛·伯格曼的《野草莓》。

这是我有关八十年代美好记忆的开始，录像带电影美化了我此后两年的生活。我差不多每个星期都会去朱伟在白家庄的家，当时朱伟是《人民文学》的著名编辑，后来他去三联书店先后主编了《爱乐》和《三联生活周刊》。白家庄距离鲁迅文学院所在的十里堡不到五公里，认识朱伟以后我就不愿意再去遥远的双榆树欣赏录像带电影了。我曾经在街上遇到刘霞，她问我为什么不去看望她和吴滨了，我说太远了。然后我问她：你们为什么不来看望我？刘霞的回答和我一样，也说太远了。

那时候我住在鲁迅文学院的四楼，电话就在楼梯旁，朱伟打来电话时经常是这样一句话："有好片子。"这时候他的声音总是神秘和兴奋。到了晚上，我就和朱伟盘腿坐在他家的地毯上，朱伟将白天借来的电影录像带塞进录像机以后，我们的眼睛就像是追星族见到了心仪的明星一样盯着电视屏幕，用今天时髦的话说，我和朱伟是当时录像带电影的绝对粉丝。我们一起看了不知道多少部录像带电影，伯格曼、费里尼、安东尼奥尼、戈达尔等现代主义的影片。这些电影被不断转录以后变得越来越模糊，而且大部分的电影还没有翻译，我们不知道里面的人物在说些什么，模糊的画面上还经常出现录像带破损后的闪亮条纹。我们仍然全神贯注，猜测着里面的情节，对某些画面赞叹不已。我还记得，当我们看到电影里的一个男人冷漠地坐在角落的沙发上，看着自己和一个女人做爱时，我们会喊叫："牛！"看到电影里一些人正在激烈地枪战，另一些人却是若无其事地散步和安静地坐在椅子里看书时，我们会喊叫："牛！"当格非来到北京时，盘腿坐在朱伟家地毯上看录像带电影就是三个人了，喊叫"牛"的也是三个人了。

我就是在这间屋子里第一次见到苏童，那是八九年底的时候，朱伟打电话给我，说苏童来了。我记得自己走进朱伟家时，苏童立刻从沙发里站起来，生机勃勃地伸出了他的手。不久前我在网上看到苏童在复旦大学演讲时，提到了我们第一次见面的情景。他说第一次见到我的时候，感觉是他们街上的孩子来了。回想起来我也有同样的感觉，虽然我和苏童第一次见面时已经二十九岁了，苏童那时二十六岁，可是我们仿佛是一起长大的。

在我的记忆里，第一次看的录像带电影就是伯格曼的《野草莓》。我的童年和少年时期把八部革命样板戏看了又看，把《地雷战》和《地道战》看了又看，还有阿尔巴尼亚电影《宁死不屈》和《勇敢的人们》等等，还有朝鲜电影《卖花姑娘》和《鲜花盛开的村庄》，前者让我哭肿了眼睛，后者让我笑疼了肚子。"文革"后期罗马尼亚电影进来了，一部《多瑙河之波》让我的少年开始想入非非了，那是我第一次在电影里看见一个男人把一个女人抱起来，虽然他们是夫妻。那个男人在甲板上抱起他的妻子时说的一句台词"我要把你扔进河里去"，是那个时代男孩子的流行语，少年时期的我每次说出这句台词时，心里就会悄悄涌上甜蜜的憧憬。

"文革"结束以后，大量被禁的电影开始公开放映，这是我看电影最多的时期。"文革"十年期间，翻来覆去地看样板戏，看《地雷战》《地道战》，看阿尔巴尼亚朝鲜电影，"文革"结束后差不多两三天看一部以前没有看过的电影，然后日本电影进来了，欧洲电影也进来了，一部《追捕》我看了三遍，一部《虎口脱险》我看了两遍。我不知道自己看了多少电影，可是当我在一九八八年看完第一部录像带电影《野草莓》时，我震惊了，我第一次知道电影是可以这样表达的，或者说第一次知道这个世界上还有这样的电影。那天深夜离开吴滨的家，已经没有公交车了，我一个人行走在北京寂静的街道上，热血沸腾地走了二十多公里，走回十里堡的鲁迅文学院。那天晚上，应该说是凌晨了，录像带电影《野草莓》给予我的感受是：我终于看到了一部真正的电影。

二〇〇六年十一月十六日

爸爸出差时

我第一次看到埃米尔·库斯图里卡的电影是什么时候？应该是一九九四年，我的记忆有一个重要依据，就是我儿子出生不久。一位中国的导演借给我一盒录像带，说你应该看看这部来自南斯拉夫的电影。就这样，我在家里看了《爸爸出差时》，没有中文字幕，里面人物的台词我完全听不懂，可是我觉得自己看懂了。过了几年，我在北京街头的地摊上翻找 VCD 电影时，突然看到有中文字幕的《爸爸出差时》，还有库斯图里卡的另一部电影《地下》。我拿回家重新看了《爸爸出差时》，屏幕下方一行一行出现的中文字幕证实了我几年前的感觉，当时我确实看懂了。

我在中国"文革"时期的成长经历让我迅速抵达《爸爸出差时》的社会背景。那时候我背着书包去小学路上最担心的就是看到街上出现打倒我父亲的标语，一天又一天的担心之后，这样的标语终于出现了。当时我和哥哥一起走向学校，看到标语后我畏缩不前，不敢走向已经不远的校门，比我大两岁的哥哥若无其事，他说怕什么。他勇敢地走向学校,可是还没有走到校门口他就转身回来了,走到我跟前说,老子也不上学了。我哥哥确实比我勇敢,他第二天还是照常去上学,我请病假在家里躲了几天,然后提心吊胆去了学校,我不知道同学们会以什么样的方式对待我。当我小心翼翼走进校门,走到操场上时,几个同学奔跑过来,热情地向我喊叫,你病好啦。那一刻我被解放了,压抑已久的恐惧和不安瞬间消散,我奔跑过去,跑到同学们中间,加入到应得的生活之中。

我父亲很幸运,没有被关押,他被发配到了农村。就像《爸爸出差时》孩子跟着母亲去父亲那里,我和哥哥也去了乡下看望父亲,不同的是我们没有坐火车,也不是母亲带我们去,她不能离开工作,请一位同事带我们坐上轮船去了乡下。那是在中国南方河流里行驶的轮船,大概有五六十个座位,前行的速度很慢,只是比岸上行走的人稍快一些而已。我记得自己不时走上船头,迎着风吹,惊讶地看着轮船划出的波浪,还有远处广阔的田野。那位阿姨担心我会掉进河里,把我抱回船舱,趁她不注意时,我又会走上船头,接着又被她抱了回来。

我在看没有中文字幕和有中文字幕的《爸爸出差时》时,也在看一部有关自己往事的纪录片。所以我要说,一部伟大的电影后面存在着千万部电影,不同的观众带着不同的人生经历和生活感受去与这部电影接触碰撞,发出共鸣之声。这样的共鸣之声或多或少,有时候是一两句台词,有时候是一两场戏,有时候甚至是整个故事。这共鸣之声也是引诱之声，引诱观众置身电影之中，将自己的人生加入到别人的人生里，观众会感到自己的人生豁然开朗，因为这时候别人的人生也加入到自己的人生里了。所以一部伟大的电影会让观众在各自的记忆和情感里诞生出另外一部电影，虽然这部电影是残缺不全的，有时候可能只是几个画面和几句台词，但是足够了。

我的意思是每个人在自己的现实世界之外，都拥有一个虚构世界，很多的情感、欲望和想象存放在那里，期待被叫醒，电影、文学、音乐、美术，所有形式的艺术如同叫醒闹钟，让人们虚构世界里的情感、欲望和想象获得起床出门的机会。然后虚构世界开始修改现实世界，现实世界也开始修改虚构世界，这样的相互修改之后，人生不知不觉丰满宽广起来，并且存储在记忆之中。当然记忆会有误差，误差是在相互修改过程中出现的，也是在时代差异、文化差异、人的差异等差异之中出现的。

举个例子，一位中国的文学博士想见我，请他的导师联系上了我，我们在一家街边的茶馆见面了，他提出来做一个简短的访谈，我说可以。访谈的时候，有一个话题是关于作家写作时如何把握叙述分寸，我提到了纳博科夫的《洛丽塔》，我说亨伯特为了得到洛丽塔采用的伎俩是和洛丽塔的母亲结婚，亨伯特一直想着洛丽塔的母亲怎样死去，我觉得纳博科夫也一直在想如何让这位母亲死去，如果她不死的话，亨伯特无法得到洛丽塔，纳博科夫也无法写下去，所以她在小说里死了，一个简单的细节让她死了，她读到了亨伯特狂热色情的日记，才知道亨伯特的目标不是她，是她女儿洛丽塔，她情绪失控夺门而出，冲到街上时被一辆卡车撞死了。这样的处理似乎是一些平庸电视剧和平庸小说里的处理，不应该是纳博科夫这种级别作家写出来的，但是没有问题，纳博科夫毕竟是纳博科夫，他在此前的叙述里做了不少铺垫，让亨伯特在想象里一次次弄死洛丽塔的母亲，比如一起游泳时如何潜水过去拉住她的双腿，把她拉进水里淹死，造成她游泳时不慎溺亡的假象。纳博科夫应该觉得这样还不够，在车祸之后又让那个卡车司机带着一块小黑板来到家里，一边用粉笔画车祸现场图，一边向亨伯特解释不是他的责任。我告诉这位文学博士，这个车祸之后的小黑板的细节尤其重要，让这个车祸之死处理变得与众不同了。

这位文学博士回去把访谈录音整理出来发给我，同时在邮件里告诉我，他查了小说《洛丽塔》，那个卡车司机不是带着一块小黑板来到亨伯特面前，是带了自制事故图。这位文学博士觉得我记忆误差里的小黑板比自制事故图更有意思，他想在访谈里保留小黑板。我同意他的意思，如果从中国读者的角度来看，小黑板确实比自制事故图更有意思，可是对于英美读者来说也许自制事故图更有意思。我给这位文学博士回信，说我们还是应该尊重纳博科夫的原作，把访谈里的小黑板改回自制事故图。

还有一个记忆误差的例子我待会儿再说,我现在继续说说自己的"文革"往事。在那个压抑并且摧残人性的时代里,我目睹了很多不幸,经常有同学的父亲或者母亲突然被打倒了,有的被关押起来,有的被批斗游街,这些同学背着书包来到学校时都是低头不语的模样,然而没过多久,他们忘记了发生在昨天的父母的不幸,汇入到我们操场上的嬉闹之中。有一个同学的遭遇我至今历历在目,我忘记了他父亲是什么罪名被打倒的,经历了日复一日的批斗游街和羞辱殴打之后,这位父亲决定离开人世。我在他临死那天的黄昏见到了他,从街上走过来,右手搂着他的儿子,脸上留下被殴打过的淤青,他微笑着和儿子说话,他儿子正在吃着什么,显然是父亲刚刚给他买的。他们与我迎面而过,他的儿子,也就是我的同学正沉浸在自己的美味里,没有看见我。第二天这个同学哭泣地来到了学校,我们才知道他父亲在深夜时分,趁着家人睡着时悄悄出门,投井自杀了。这一天他一直在哭泣,无声的哭泣。那时候女同学热衷玩跳绳,男同学热衷打乒乓球,不是在正式的乒乓球桌打球,只是一个长桌子,中间用砖排成球网,男同学们在长桌子的两端排成长队,每人只能打一个球,输了的下去,赢了的继续打球。我们向着这个哭泣的同学喊叫,要他也来排队打球。他走了过来,排队时仍在哭泣,轮到他打球时不哭了,他赢下一球,又赢下一球后,我们听到了他的笑声。

生活是那么的强大,它时常在悲伤里剪辑出欢乐来。这就是我为什么喜爱《爸爸出差时》，因为库斯图里卡剪辑出了生活里最为强大的部分，然后以平凡的面貌呈现出来。我记得有两场戏，一场戏是梅沙和妻子激烈吵架，似乎家庭就要破裂了，如果我没有记错，库斯图里卡给大儿子一个流泪的特写，极其感人的特写，接下去的一场戏是一家人并排坐在床上快乐唱歌，坐在中间的梅沙拉着手风琴。我在没有中文字幕的版本里看到这连接的两场戏时深受触动，后来在有中文字幕的版本看到时再次深受触动。我一直在想，只有对生活有着非凡洞察力的导演，才能让生活呈现出非凡的表现力。还有一场戏，妻子带着儿子坐火车前去监狱看望丈夫梅沙，晚上入睡之时，给经常梦游的小儿子马力克脚上系上绳子，绳子另一头挂着一只铃，这样马力克一下床他们就能听到铃声。夫妻久别重逢，欲火燃烧，用中国的话说是干柴遇上烈火。梅沙把水笼头打开，让水声来掩盖他们接下去做爱的声响，可是他们刚刚进入热身阶段，马力克就来捣乱了，动动脚让铃声响起来，他们只好起身去看看儿子。当妻子终于让马力克入睡，回来时看到丈夫梅沙已经睡着了，好比干柴看到烈火睡着了。库斯图里卡没有在电影里着力表现梅沙在监狱里繁重的体力劳动和来自精神的压力，他的睡着已经说明了这一切。当然这场戏所表现出来的远不止这个，我意识到用文字复述库斯图里卡的电影是多么无趣的工作，我硬着头皮讲述是为了接下来说一下我所理解的"生活的强大"。生活的强大是如何在艺术作品中表现出来的？不是庞然大物招摇过市，而是在微小之处脱颖而出。

我有机会说说另一个记忆误差的例子了。马尔克斯的《霍乱时期的爱情》，这本书上世纪八十年代就翻译成中文出版，当时中国还没有加入《伯尔尼公约》，所以是一本没有版权的出版物，后来没再重印。二〇一二年终于正式出版，出版商邀请我参加这部小说的读者见面会，我根据二十多年前的阅读记忆，向中国年轻一代读者讲述这部小说里的一个细节。

我说马尔克斯用沉着冷静的笔调描写了阿里萨和达萨年轻时期的爱情，读者阅读的时候却是热血沸腾，两个年轻人爱到宁愿死去也不愿意分开，可是小说开始我们就知道他们的爱情中途夭折，他们是怎么分开的？达萨的父亲威胁阿里萨要杀了他，阿里萨却骄傲地说没有比为爱情而死更光荣的事，父亲只好带着达萨远走他乡，可是仍然阻止不了他们之间联系，这位父亲用电报把行程告诉了亲戚，行程泄露了出去，作为电报员的阿里萨把各地的电报员联络到一起，于是一份份爱情的电报来到两个年轻人手上。差不多三年时间，父亲觉得达萨已经忘记阿里萨了，决定回家。马尔克斯的描写将他们的爱情推向了巨大的高潮，当读者觉得不可能分开时，马尔克斯用微小的方式将他们分开了。回家的达萨和女仆去市场采购，阿里萨看见了她，尾随其后，马尔克斯用几页纸来描写这个激动人心的时刻，当市场里的男人们用色眯眯的眼睛盯着美丽的达萨时，阿里萨因此脸部扭曲了，这时达萨刚好回头看见了阿里萨的可怕表情，心想天哪，三年来日夜思念的竟然是这样一个男人。马尔克斯这么轻轻一笔就推翻了强大的爱情。

我说完以后，一个同样应邀参加读者见面会的西班牙语文学专家，我的一个老朋友，他熟悉马尔克斯的作品，笑着对我说，你说的这个细节是你的《霍乱时期的爱情》，不是马尔克斯的《霍乱时期的爱情》。

确实如此，正确的应该是达萨走进了"代笔人门廊"，那是一个充斥着淫秽明信片、春药和避孕套的藏污纳垢的地方，这不是体面小姐该去的地方，达萨不知道这些，她是为了躲避中午的烈日走了进去，阿里萨紧随其后，她兴高采烈走在门廊里，买了这个又买了那个，她听到了阿里萨的声音，阿里萨说这不是你这样的女神该来的地方。达萨回头看到阿里萨冰冷的眼睛、紫青的脸色和僵硬的双唇，这是被爱情震撼之后的恐惧表情，达萨却因此掉入了失望的深渊，那一刻她突然感到此前铭心刻骨般的爱只是对自己撒了一个弥天大谎。当阿里萨笑了笑想和她走在一起时，她阻止了他，说忘了吧。

我的记忆总是出现误差，没有关系，就如我在前面所说的，一部伟大的作品后面存在着千万部作品，这千万部作品就是由各自不同的误差生产出来的。我在这里讲述《爸爸出差时》也同样如此，我有近二十年没再看过这部电影，录像带版早就还给了那位中国导演，VCD版已经没有机器可以播放，可是我还想再说说

《爸爸出差时》。

我十分迷恋胖乎乎的马力克的梦游情景，我觉得这孩子走在神行走的路上，那条狗的突然入画可谓神来之笔。艺术家经常会为神来之笔倍感骄傲，觉得自己有多么了不起，当然他们有理由骄傲，但是我更愿意相信这是一种恩赐，是对才华和辛勤创作的恩赐。

亲爱的库斯图里卡，请你不要告诉我这条狗是你拍摄前让道具组找来的，即使你这么说，我仍然认为这条狗是意外入画，因为我现在所说的不是二十多年前那位中国导演从欧洲某个城市带到北京的《爸爸出差时》，这是我用近二十年的记忆存储之后从北京带到贝尔格莱德的《爸爸出差时》。

二〇一七年六月十日

十九年前的一次高考

潘阳让我为《全国高考招生》杂志写一篇文章，说说我当初考大学时的情景，我说我当初没有考上大学，潘阳说这样更有意思。潘阳是我的朋友，他让我写一篇怎样考不上大学的文章，我只好坐到写字桌前，将我十九年前的这一段经历写出来。

我是一九七七年高中毕业的，刚好遇上了恢复高考。当时这个消息是突然来到的，就在我们毕业的时候都还没有听说，那时候只有工农兵大学生，就是高中毕业以后必须去农村或者工厂工作两年以后，才能去报考大学。当时我们心里都准备着过了秋天以后就要去农村插队落户，突然来消息说我们应届高中毕业生也可以考大学，于是大家一片高兴，都认为自己有希望去北京或者上海这样的大城市生活，而不用去农村了。

其实我们当时的高兴是毫无道理的，我们根本就不去想自己能不能考上大学，对自己有多少知识也是一无所知。我们这一届学生都是在"文革"开始那一年进入小学的，"文革"结束那一年高中毕业，所以我们没有认真学习过。我记得自己在中学的时候，经常分不清上课铃声和下课铃声，我经常是在下课铃声响起来时，夹着课本去上课，结果看到下课的同学从教室里拥了出来。那时候课堂上就像现在的集市一样嘈杂，老师在上面讲课的声音根本听不清楚，学生在下面嘻嘻哈哈地说着自己的话，而且在上课的时候可以随便在教室里进出，哪怕从窗口爬出去也可以。

四年的中学，就是这样过来的，所以到了高考复习的时候，我们很多同学仍然认真不起来，虽然都想考上大学，可是谁也不认真听课，坏习惯一下子改不过来。倒是那些历届的毕业生，显得十分认真，他们大多在农村或者工厂待了几年和十几年了，他们都已经尝到了生活的艰难，所以他们从心里知道这是一次改变自身命运的极好机会。一九七七年的第一次高考下来，我们整个海盐县只录取了四十多名考生，其中应届生只有几名。

我记得当时在高考前就填写志愿了，我们班上有几个同学填写了剑桥大学和牛津大学，成为当时的笑话。不过那时候大家对大学确实不太了解，大部分同学都填写了北大和清华，或者复旦、南开这样的名牌大学，也不管自己能否考上，先填了再说，我们都不知道填志愿对自己能否被录取是很重要的，以为这只是玩玩而已。

高考那一天，学校的大门口挂上了横幅，上面写着：一颗红心，两种准备。教室里的黑板上也写着这八个字，两种准备就是录取和落榜，一颗红心就是说在祖国的任何岗位上都能做出成绩。我们那时候确实都是一颗红心，一种准备，就是被录取，可是后来才发现我们其实做了后一种的准备，我们都落榜了。

高考分数下来的那一天，我和两个同学在街上玩，我们的老师叫住我们，声音有些激动，他说高考分数下来了。于是我们也不由得激动起来，然后我们的老师说：你们都落榜了。

就这样，我没有考上大学，我们那个年级的同学中，只有三个人被录取了。所以同学们在街上相遇的时候，都是落榜生，大家嘻嘻哈哈地都显得无所谓，落榜的同学一多，反而谁都不难受了。

后来我就没再报考大学，我的父母希望我继续报考，我不愿意再考大学，为此他们很遗憾，他们对我的估计超过我的信心，他们认为我能够考上大学，我自己觉得没什么希望，所以我就参加了工作。先在卫生学校学习了一年，然后分配到了镇上的卫生院，当上了一名牙医。我们的卫生院就在大街上，空闲的时候，我就站到窗口，看着外面的大街，有时候会呆呆地看上一两个小时。后来有一天，我在看着大街的时候，心里突然涌上了一股悲凉，我想到自己将会一辈子看着这条大街，我突然感到没有了前途。就是这一刻，我开始考虑起自己的一生应该怎么办，我决定要改变自己的命运，于是我开始写小说了。

一九九六年四月八日

我的第一份工作

我的第一份工作是拔牙，我是在一九七八年三月获得这份工作的。那个时候个人是没有权利选择工作的，那个时候叫国家分配。我中学毕业时刚好遇上一九七七年"文革"后的第一次高考，可是我不思进取没有考上大学，那一届的大学名额基本上被陈村这样的人给掠夺了，这些人上山下乡吃足了苦头，知道考大学是改变自己命运的良机，万万不能错过。而我是少年不识愁滋味，一头栽进卫生院。国家把我分配到了海盐县武原镇卫生院，让我当起了牙医。

牙医是什么工作？在过去是和修鞋的修钟表的打铁的卖肉的理发的卖爆米花的一字儿排开，撑起一把洋伞，将钳子什么的和先前拔下的牙齿在柜子上摆开，以此招徕顾客。我当牙医的时候算是有点医生的味道了，大医院里叫口腔科，我们卫生院小，所以还是叫牙科。我们的顾客主要是来自乡下的农民，农民都不叫我们"医院"，而是叫"牙齿店"。其实他们的叫法很准确，我们的卫生院确实像是一家店，我进去时是学徒，拔牙治牙做牙镶牙是一条龙学习，比我年长的牙医我都叫他们师傅，根本没有正规医院里那些教授老师主任之类的称呼。

我的师傅姓沈，沈师傅是上海退休的老牙医，来我们卫生院发挥余热。现在我写下沈师傅三个字时，又在怀疑是不是孙师傅，在我们海盐话的发音里"沈"和"孙"没有区别，还是叫沈师傅吧。那时候沈师傅六十多岁，个子不高，身体发胖，戴着金丝框的眼镜，头发不多可是梳理得十分整齐。

我第一次见到沈师傅的时候，他正在给人拔牙，可能是年纪大了，所以他的手腕在使劲时，脸上出现了痛苦的表情，像是在拔自己的牙齿似的。那一天是我们卫生院的院长带我过去的，告诉他我是新来的，要跟着他学习拔牙。沈师傅冷淡地向我点点头，然后就让我站在他的身旁，看着他如何用棉球将碘酒涂到上颚或者下颚，接着注射普鲁卡因。注射完麻醉后，他就会坐到椅子上抽上一根烟，等烟抽完了，他问一声病人："舌头大了没有？"当病人说大了，他就在一个盘子里选出一把钳子，开始拔牙了。

沈师傅让我看着他拔了两次后，就坐在椅子里不起来了，他说下面的病人你去处理。当时我胆战心惊，心想自己还没怎么明白过来就匆忙上阵了，好在我记住了前面涂碘酒和注射普鲁卡因这两个动作，我笨拙地让病人张大嘴巴，然后笨拙地完成了那两个动作。在等待麻醉的时候，我实在是手足无措，这中间的空闲在当时让我非常难受。这时候沈师傅递给我一支烟，和颜悦色地和我聊天了，他问我父母是做什么工作的，家里有几个兄弟姐妹。抽完了烟，聊天也就结束了。谢天谢地我还记住了那句话，我就学着沈师傅的腔调问病人舌头大了没有，当病人说大了，我的头皮是一阵阵地发麻，心想这叫什么事，可是我又必须去拔那颗倒霉的牙齿，而且还必须装着胸有成竹的样子，不能让病人起疑心。

我第一次拔牙的经历让我难忘，我记得当时让病人张大了嘴巴，我也瞄准了那颗要拔下的牙齿，可是我回头看到盘子里一排大小和形状都不同的钳子时，我不知道应该用哪一把，于是我灰溜溜地撤下来，小声问沈师傅应该用哪把钳子。沈师傅欠起屁股往病人张大的嘴巴里看，他问我是哪颗牙齿，那时候我叫不上那些牙齿的名字，我就用手指给沈师傅看，沈师傅看完后指了指盘子里的一把钳子后，又一屁股坐到椅子里去了。当时我有一种强烈的孤军奋战的感觉，我拿起钳子，伸进病人的嘴巴，瞄准后钳住了那颗牙齿。我很庆幸自己遇上的第一颗牙齿是那种不堪一击的牙齿，我握紧钳子只是摇晃了两下，那颗牙齿就下来了。

真正的困难是在后来遇上的，也就是牙根断在里面。刚开始牙根断了以后，坐在椅子里的沈师傅只能放下他悠闲的二郎腿，由他来处理那些枯枝败叶。挖牙根可是比拔牙麻烦多了，每一次沈师傅都是满头大汗。后来我自己会处理断根后，沈师傅的好日子也就正式开始了。当时我们的科室里有两把牙科椅子，我通常都是一次叫进来两个病人，让他们在椅子上坐下，然后像是工业托拉斯似的,同时给他们涂碘酒和注射麻醉,接下去的空闲里我就会抽上一根烟,这也是沈师傅教的。等烟抽完了,又托拉斯似的给他们挨个拔牙,接着再同时叫进来两个病人。

那些日子我和沈师傅配合得天衣无缝,我负责叫进来病人和处理他们的病情,而沈师傅则是坐在椅子里负责写病历开处方,只有遇上麻烦时,沈师傅才会亲自出马。随着我手艺的不断提高,沈师傅出马的机会也是越来越少。

我们两个人成了很好的朋友,我记得那时候和沈师傅在一起聊天非常愉快,他给我说了很多旧社会拔牙的事。沈师傅一个人住在海盐时常觉得孤单,所以他时常要回上海去,他每次从上海回来时,都会送给我一盒凤凰牌香烟。那时候凤凰牌香烟可是奢侈品,我记得当时的人偶尔有一支这样的香烟,都要拿到电影院去抽,在看电影时只要有人抽起凤凰牌香烟,整个电影院都香成一片,所有的观众都会扭过头去看那个抽烟的人。沈师傅送给我的就是这种香烟,他每次都是悄悄地塞给我,不让卫生院的同事看到。

沈师傅让我为他做过两件事,可是我都没有做好。第一件事是让我洗印照片,那时候我的业余爱好还不是写作,而是洗印照片,经常在一个同学家里,拿红色的玻璃纸包住灯泡后,开始洗印,我最喜欢做的就是拿着镊子,夹住照片在药水里拂动,然后看着照片上自己的脸和同学的脸在药水里渐渐浮现。沈师傅知道我经常干这些事,有一次他从上海回来后,交给我一张底片,让我在洗印照片时给他放大几张。那张底片是印在一块玻璃上的,我第一次见到这样的玻璃底片,是沈师傅的正面像。沈师傅当时一再叮嘱我要小心,别弄坏了底片,他说这是他自己最喜欢的一张底片,准备以后用来放大做遗像的。我当时听他说到遗像,心里吃了一惊,当时我很不习惯听到这样的话。后来我在同学家放大时,那位同学不小心将这张底片掉到地上弄碎了,我一个晚上都在破口大骂那位同学。到了第二天我硬着头皮去告诉沈师傅,说底片碎了,然后将已经放大的几张照片交给他。现在想起来当时沈师傅肯定很后悔,后悔将自己钟爱的底片交给我这种靠不住的人。不过当时他表现得很豁达,他说没关系,只要有照片就行,可以拿着照片去翻拍,这样就又有底片了。

沈师傅让我做的第二件事,是他离开海盐前对我说的,他说他快七十了,一个人住在海盐很累,他不想再工作了,要回家了。然后他说上海家里的窗户上没有栅栏,不安全,问我能不能为他弄一些钢条,我说没问题。沈师傅离开后没有几天,我就让一位同学在他们工厂拿了几十根手指一样粗的钢条出来,当时我们卫生院的一位同事刚好要去上海,我就将钢条交给她,请她带到上海交给沈师傅。沈师傅走后差不多一年,有一天他又回来了,可能是在上海待着太清闲,他又想念工作了,所以又回到了我们卫生院,我们两个人还是在一个门诊科室。他回来时像往常一样,悄悄塞给我一盒凤凰烟。我们还是像过去一样,一个负责拔牙,一个负责写病历开处方，空闲的时候我们一边抽烟一边聊天。有一天我突然想起了钢条，我就问他能不能用上，他说他没有收到钢条，然后才知道我们那位同事将钢条忘在她的床下了，忘了差不多有一年。这是沈师傅最后一次来我们卫生院工作，时间也很短，没多久他又回上海了，以后再也没有回来。我和沈师傅一别就是二十年，我没有再见到他。

  这就是我的第一份工作，从十八岁开始，到二十三岁结束。我的第二份工作是写作，直到现在还在乐此不疲。我奇怪地感到自己青春的记忆就是牙医生涯的记忆，当我二十三岁开始写作以后，我的记忆已经不是青春的记忆了。这是我在写这篇文章时的发现，更换一份工作会更换掉一种记忆，我现在努力回想自己二十三岁以后的经历，试图寻找到一些青春的气息，可是我没有成功，我觉得二十三岁的自己和今天的自己没有什么两样，而牙医时的我和现在的我截然不同。十八年来，我一直为写作给自己带来的无尽乐趣而沾沾自喜，今天我才知道这样的乐趣牺牲了我的青春年华，连有关的记忆都没有了。我的安慰是，我还有很多牙医的记忆，这是我的青春，我的青春是由成千上万张开的嘴巴构成的，我不知道是喜是忧。

二〇〇一年四月十二日

回忆十七年前

章德宁打来电话,说今年九月是《北京文学》创刊五十周年的日子。章德宁在《北京文学》已经工作了二十多年,我成为《北京文学》的作者也有十七年了。我们在电话里谈到了周雁如,一位十年前去世的老编辑,在八十年代的前几年,她一直是《北京文学》的实际主编,十七年前的一个下午,我在电话里第一次听到她的声音,我相信这是一个改变我命运的电话。

当时我正在浙江海盐县的武原镇卫生院里拔牙,整个卫生院只有一部电话,是那种手摇的电话,通过总机转号,而我们全县也只有一个总机,在县邮电局里。我拿起电话时还以为是镇上的某一位朋友打来的,可是我听到了总机的声音,她告诉我说有一个北京长途。接下去我拿着电话等了差不多有一个小时,其间还有几个从我们镇上打进来的电话骚扰我,然后在快要下班的时候,我听到了周雁如的声音,她告诉我,我寄给《北京文学》的三篇小说都要发表,其中有一篇需要修改一下,她希望我立刻去北京。

这是我人生的转折点，这一年我二十三岁，做了五年的牙医，刚刚开始写作，我还不知道自己今后的职业是写作，还是继续拔牙。我实在不喜欢牙医的工作，每天八小时的工作，一辈子都要去看别人的口腔，这是世界上最没有风景的地方，牙医的人生道路让我感到一片灰暗。当时我常常站在医院的窗口，看着下面喧闹的街道，心里重复着一个可怕的念头——难道我要在这里站一辈子？当时我最大的愿望就是能够进入县文化馆，因为我看到在文化馆工作的人经常在街道上游荡，我喜欢这样的工作，游手好闲也可以算是工作，我想这样的好工作除了文化馆以外，恐怕只有天堂里才有了。于是我开始写作了，我一边拔牙一边写作，拔牙是没有办法，写作是为了以后不拔牙。当时我对自己充满了希望，可是不知道今后的现实是什么。

　　就是在这时候，电话铃响了。当我们县里邮电局的总机告诉我是北京的长途时，我的心脏就开始狂跳了，我预感到是《北京文学》的电话，因为我们家在北京没有亲戚，就是有亲戚也应该和我的父母联系。电话接通后，周雁如第一句话就是告诉我，她早晨一上班就挂了这个长途，一直到下午快下班时才接通。我一生都不会忘记她当时的声音，说话并不快，可是让我感到她说得很急，她的声音清晰准确，她告诉我路费和住宿费由《北京文学》承担，这是我最关心的事，当时我每月的工资只有三十多元。她又告诉我在改稿期间每天还有出差补助，最后她告诉我《北京文学》

的地址——西长安街七号，告诉我出了北京站后应该坐10路公交车。她其实并不知道我是第一次出门远行，可是她那天说得十分耐心和仔细，就像是在嘱咐一样，将所有的细节告诉了我。我放下电话，第二天就坐上汽车去了上海，又从上海坐火车去了北京。

一九八八年，我在鲁迅文学院学习期间，曾经和一位朋友去看望周雁如，她那时已经离休了，住在羊坊店路的新华社宿舍里，这是我第一次也是最后一次去周雁如的家，她的家让我感到十分简单和朴素。那天周雁如很高兴，就像我第一次在《北京文学》编辑部见到她一样，事实上我每次见到她，她都显得很高兴，其实她一直在承受着来自生活的压力，她的丈夫和一个女儿长期患病，我相信这样的压力也针对着她的精神，可是她总是显得很高兴。那天从她家里出来后，她一直送我们到大街上，和我们分手的时候，她流出了眼泪，当我们走远了再回头看她，她还站在那里看着我们。这情景令我难忘，在此之前我们有过很多次告别，只有这一次让我看到了周雁如依依不舍的神情，是因为离休以后的她和工作时的她有所不同了，这样的不同也只是在分手告别的时候才显示出来。现在，当我写下这些时，想到周雁如去世都已经有十年了，而往事历历在目，我突然感到了人生的虚无。

我十分怀念那个时代，在八十年代的初期，几乎所有的编辑都在认真地阅读着自由来稿，一旦发现了一部好作品，编辑们就会互相传阅，整个编辑部都会兴奋起来。而且当时寄稿件不用花钱，只要在信封上剪去一个角,就让刊物去邮资总付了。我当时一边做着牙医,一边写着小说,我不认识任何杂志的编辑,我只知道杂志的地址,就将稿件寄给杂志,一旦退稿后,我就将信封翻过来,用胶水粘上后写下另一个杂志的地址,再扔进邮筒,当然不能忘了剪掉一个角。那个时期我的作品都是免费地在各城市间旅游着,它们不断地回到我的身旁,一些又厚又沉的信封。有时是一封薄薄的信,每当收到这样的信,我就会激动起来,经验告诉我某一部作品有希望了。

有一天,我收到了一封来自《北京文学》的薄薄的信,信的署名是王洁。王洁是我遇到的第一位重要的编辑,我所说的重要只是针对我个人而言。我认为自己很幸运,王洁在堆积如山的自由来稿中发现了我的作品,我的幸运使她读完了我的作品,而且幸运还在延续,她喜欢上了我的作品。正是她的支持和帮助使我敲开了《北京文学》之门。

一九八三年十一月,当我从海盐来到北京,第一次走进西长安街七号的《北京文学》编辑部,是中午休息的时候,王洁刚刚洗完了头,头发上还滴着水珠。然后是一位脸色红润的老太太走过来问我:"你就是余华?"这位老太太就是周雁如。这情景在我的记忆里就像是日出一样,永远清晰可见。

我和王洁成为了很好的朋友,我来到北京改稿,不仅见到了一直给我写信的王洁,也认识了她的朋友。其中有一位叫大兵的朋友正在做生意，我改完稿离开北京时，就是王洁和大兵送我去北京站。第二年我来参加《北京文学》笔会时，他还来饭店看我，此后很多年没有再见，可是有一次我在上海的街道上行走时，突然听到有人在叫我的名字，我一看，大兵站在街道对面向我招手。又是很多年过去了，我再也没有得到大兵的消息。

其实我和王洁也已经有十来年没有见面了，当我在浙江的时候，我们保持着密切的通信，而当我定居北京以后，我们反而中断了联系。王洁后来离开了《北京文学》，她去了一家新的杂志，我忘了那家杂志的名字，只记得编辑部在王府井，一九八八年我在鲁迅文学院时，我去过几次王洁的编辑部，最后一次去的时候，编辑部已经搬走了。我不知道她现在是不是还住在蒲黄榆，我很多次去过她的家，我记得她很会做菜，有一次我在她家附近办事，完事了就去她家，事先没有给她打电话，刚好遇上她在家里请朋友吃饭，她一打开门就说我有吃福。不过我的吃福并没有得到延续，大概是在一九八九年，王洁给我打电话，让我星期天去她家吃饭，我刚好有事没有去，从此以后我们再没有联系过。我不知道她现在怎么样了，我想她的儿子应该长大成人了，我在海盐的时候曾经给她寄过一本书《怎样理解孩子的心灵》，那时候她的儿子还小，王洁回信告诉我，她因为忙没有读，她的儿子就整天催着她快去读。三年前我遇到一位音乐制作人，交谈中得知他和王洁曾在一个编辑部工作过，又在同一幢楼里住过，我就问他有没有王洁的电话，他说可以找到，找到后就告诉我，可能他没有找到，因为他一直没有告诉我。

十七年前我第一次来到北京，住了差不多有半个月，我三天就将稿子改完了，周雁如对我说不要急着回去，她让我在北京好好玩一玩。我就独自一人在冬天的寒风里到处游走，最后自己实在不想玩了，才让王洁替我去买火车票。我至今记得当初王洁坐在桌子前，拿着一支笔为我算账，我不断地说话打断她，她就说："你真是讨厌。"结账后王洁又到会计那里替我领了钱，我发现不仅我在北京改稿的三天有补助，连游玩的那些天也都有补助。最后王洁还给我开了一张证明，证明我在《北京文学》的改稿确有其事。当我回到海盐后，我才知道那一张证明是多么重要，当时的卫生院院长见到我的第一句话就是："有没有证明？"

从北京回到海盐后，我意识到小小的海盐轰动了，我是海盐历史上第一位去北京改稿的人。他们认为我是一个人才，不应该再在卫生院里拔牙了，于是一个月以后，我到文化馆去上班了。当时我们都是早晨七点钟上班，在卫生院的时候，我即使迟到一分钟都会招来训斥。我第一天去文化馆上班时，故意迟到了三个小时，十点钟才去，我想试探一下他们的反应，结果没有一个人对我的迟到有所反应，仿佛我应该在这个时间去上班。我当时的感觉真是十分美好，我觉得自己是在天堂里找到了一份工作。

二〇〇〇年七月五日

我的文学白日梦

我刚刚开始喜欢文学时,正在宁波第二医院口腔科进修,有位同屋的进修医生知道我喜欢文学,而且准备写作,他以过来人的身份告诉我,他从前也是文学爱好者,也做过文学白日梦,他劝我不要胡思乱想去喜欢什么文学了,他说:"我的昨天就是你的今天。"我当时回答他:"我的明天不是你的今天。"那是一九八〇年,我二十岁。

我九三年开始用电脑写作,已经是 386 时代了。前面用手写了十年,右手的食指和中指上都起了厚厚的茧,曾经骄傲过,后来认识了王蒙,看到他手指上的茧像黄豆一样隆起,十分钦佩,以后不敢再骄傲了。九三年到现在已经十多年了,打这些字时仔细摸了一下自己右手的食、中二指,茧没了。王蒙 286 时代就用电脑写作了,比我早几年,不过我敢确定他手指上的茧仍在,那是大半辈子的功力。我的才十年,那茧连老都称不上。

我从短篇小说开始,写到中篇,再写到长篇,是当时中国的文学环境决定的，当时中国可以说是没有文学出版，起码是出版不重要，当时的写作主要是为了在文学杂志上发表。现在我更愿意写长篇小说了，我觉得写短篇小说是一份工作，几天或者一两个星期完成，故事语言完全在自己的控制之中，不会出现什么意外。写长篇小说就完全不一样了，一年甚至几年都不能完成，作家在写作的时候，笔下人物的生活和情感出现变化时，他自己的情感和生活可能也在变化，所以事先的构想在写作的过程中会被突然抛弃，另外的新构想出现了，写长篇小说就和生活一样，充满了意外和不确定。我喜欢生活，不喜欢工作，所以我更喜欢写作长篇小说。

十多年前我刚刚发表《活着》时，有些朋友很吃惊，因为我出乎他们意料，一个他们眼中的先锋作家突然写下一部传统意义上的小说，他们很不理解。当时我用一句话回答他们："没有一个作家会为一个流派写作。"现在十多年过去了，我越来越清楚自己是一个什么样的作家。我只能用大致的方式说，我觉得作家在叙述上大致分为两类。第一类作家通过几年的写作，建立了属于自己的成熟的叙述系统，以后的写作就是一种风格的叙述不断延伸，哪怕是不同的题材，也都会纳入到这个系统之中。第二类作家是建立了成熟的叙述系统之后，马上就会发现自己最拿手的叙述方式不能适应新题材的处理，这样他们就必须去寻找最适合表达这个新题材的叙述方式，这样的作家其叙述风格总是会出现变化。

我是第二类的作家。二十年前我刚刚写下《十八岁出门远行》时，以为找到了自己一生的叙述方式。可是到了《活着》和《许三观卖血记》，我的叙述方式完全变了，当时我以为自己还会用这样的方式写下几部小说。没有想到写出来的是《兄弟》，尤其是下部，熟悉我以前作品的读者一下子找不到我从前的叙述气息。说实话，《兄弟》之后，我不知道下一部长篇小说是什么模样，我现在的写作原则是：当某一个题材让我充分激动起来，并且让我具有了持久写下去的欲望时，我首先要做的是尽快找到最适合这个题材的叙述方式，同时要努力忘掉自己过去写作中已经娴熟的叙述方式，因为它们会干扰我寻找最适合的叙述方式。我坚信不同的题材应该有不同的表达方式，所以我的叙述风格总会出现变化。我深感幸运的是，总是有人理解我的不断变化。有读者说："为什么我们不可以先放下以往的余华，为什么我们不可以从《兄弟》本身来阅读，试图了解到作者到底通过这样的一本书告诉我们什么？"

二〇〇七年一月八日

篮球场上踢足球

我想，很多中国球迷都有在篮球场上踢足球的人生段落。

我将自己的段落出示两个。第一个段落是一九八八年至一九九〇年期间。当时我在鲁迅文学院学习。鲁迅文学院很小，好像只有八亩地，教室和宿舍都在一幢五层的楼房里，只有一个篮球场可供我们活动。于是打篮球的和踢足球的全在这块场地上，最多时有四十来人拥挤在一起，那情景像是打群架一样乱七八糟。

刚开始，打篮球的和踢足球的互不相让，都玩全场攻防。篮筐两根支架中间的空隙就是足球的球门。有时候足球从左向右进攻时，篮球刚好从右向左进攻，简直乱成一团，仿佛演变出了橄榄球比赛；有时候足球和篮球进攻方向一致，笑话出来了，足球扔进了篮筐，篮球滑进了球门。

因为足球比篮球粗暴，打篮球的遇到踢足球的，好比是秀才遇到了兵。后来他们主动让步，只打半场篮球。足球仍然是全场攻防。再后来，打篮球的无奈退出了球场，因为常常在投篮的时候,后脑上挨了一记踢过来的足球,疼得晕头转向;而篮球掉在踢足球的头上,只让踢球的人感到自己的脑袋上突然出现了弹性。就这样,篮球退出了篮球场,足球独霸了篮球场。

我们这些踢足球的乌合之众里,只有洪峰具有球星气质,无论球技和体力都令我们十分钦佩。他当时在我们中间的地位,好比是普拉蒂尼在当时法国队中的地位。

当时谁也不愿意干守门的活,篮筐支架中间的空隙太窄,守门员往中间一站,就差不多将球门撑满了,那是一份挨打的工作。所以每当进攻一方带球冲过来,守门的立刻弃门而逃。

我记得有一次莫言客串守门员,我抬脚踢球时以为他会逃跑,可他竟然像黄继光似的大无畏地死守球门,我将球踢在他的肚子上,他捂着肚子在地上蹲了很长时间。到了晚上,他对我说,他当时是百感交集。那时候我和莫言住在一间宿舍里,整整两年的时光。

第二个段落是一九九〇年意大利世界杯期间。那时马原还在沈阳工作,他邀请我们几个去沈阳,给辽宁文学院的学生讲课。我们深夜看了世界杯的比赛,第二天起床后就有了自己是球星的幻觉,拉上几个马原在沈阳的朋友,在篮球场上和辽宁文学院的学生踢起了比赛。辽宁文学院也很小,也是只有一个篮球场。

马原的球技远不如洪峰,我们其他人的球技又远不如马原。可想而知,一上来就被辽宁文学院的学生攻入几球。

我们原本安排史铁生在场边做教练兼拉拉队长，眼看着失球太多，只好使出绝招，让铁生当起了守门员。铁生坐在轮椅里守住篮筐支架中间的空隙以后，辽宁的学生再也不敢射门了，他们怕伤着铁生。

有了铁生在后面一夫当关万夫莫开，我们干脆放弃后场，猛攻辽宁学生的球门。可是我们技不如人，想带球过人，人是过了，球却丢了。最后改变战术，让身高一百八十五公分的马原站在对方球门前，我们给他喂球，让他头球攻门。问题是我们的传球质量超级烂，马原的头常常碰不到球。

虽然铁生在后面坐镇球门没再失球，可是我们在前面进不了球，仍然输掉了客场比赛。

二〇一〇年五月二十八日

一九八七年《收获》第五期

一九八七年秋天我收到第五期的《收获》，打开后看见自己的名字，还看见一些不熟悉的名字。《收获》每期都是名家聚集，这一期突然向读者展示一伙陌生的作者，他们作品的叙述风格也让读者感到陌生。

这个时节是文学杂志征订下一年度发行量的关键时刻，其他杂志都是推出名家新作来招揽发行量，《收获》却在这个节骨眼集中一伙来历不明的名字。

这一期的《收获》后来被称为先锋文学专号。其他文学杂志的编辑私底下说《收获》是在胡闹，这个胡闹的意思既指叙述形式也指政治风险。《收获》继续胡闹，一九八七年的第六期再次推出先锋文学专号，一九八八年的第五期和第六期还是先锋文学专号。马原、苏童、格非、叶兆言、孙甘露、洪峰等人的作品占据了先锋文学专号的版面，我也在其中。

当时格非在华东师范大学任教，我们这些人带着手稿来到上海时,《收获》就将我们安排在华东师范大学的招待所里,我和苏童可能是在那里住过次数最多的两个。

白天的时候,我们坐公交车去《收获》编辑部。李小林和肖元敏是女士,而且上有老下有小,她们不方便和我们混在一起,程永新还是单身汉,他带着我们吃遍《收获》编辑部附近所有的小餐馆。当时王晓明有事来《收获》,几次碰巧遇上格非、苏童和我坐在那里高谈阔论,他对别人说:这三个人整天在《收获》,好像《收获》是他们的家。

晚上的时候,程永新和我们一起返回华东师范大学的招待所,在我们的房间里彻夜长谈。深夜饥饿来袭,我们起身出去找吃的。当时华东师范大学晚上十一点就大门紧锁,我们爬上摇晃的铁栅栏门翻越出去,吃饱后再翻越回来。刚开始翻越的动作很笨拙,后来越来越轻盈。

由于《收获》在中国文学界举足轻重,只要在《收获》发表小说,就会引起广泛关注,有点像美国的作者在《纽约客》发表小说那样,不同的是《纽约客》的小说作者都是文学的宠儿,《收获》的先锋文学作者是当时文学的弃儿。多年以后有人问我,为什么你超过四分之三的小说发表在《收获》上?我说这是因为其他文学杂志拒我于门外,《收获》收留了我。

其他文学杂志拒绝我的理由是我写下的不是小说,当然苏童和格非他们写下的也不是小说。

当时中国大陆的文学从"文革"的阴影里走出来不久，作家们的勇敢主要是在题材上表现出来，很少在叙述形式上表现出来。我们这些《收获》的先锋文学作者不满当时小说叙述形式的单一，开始追求叙述的多元，我们在写作的时候努力寻找叙述前进时应该出现的多种可能性。结果当时很多文学杂志首先认为我们没有听党的话，政治上不正确，其次认为我们不是在写小说，是在玩弄文学。

《收获》认为我们是在写小说。当时《收获》感到叙述变化的时代已经来临，于是大张旗鼓推出四期先锋文学专号。《钟山》《花城》和《北京文学》等少数文学杂志也感受到了这个变化，可是他们没有像《收获》那样大张旗鼓，只是隔三差五发表一些先锋小说。什么原因？很简单，他们没有巴金。

一九八〇年代的中国文学可以说是命运多舛，清除精神污染和反对资产阶级自由化的政治运动，让刚刚宽松起来的文学环境三度进入戒严似的紧张状态。先锋小说属于资产阶级自由化的产物，有些文学杂志因为发表先锋小说受到来自上面的严厉批评，他们委屈地说，为什么《收获》可以发表这样的小说，我们却不可以？他们得到的是一个滑稽的回答：《收获》是统战对象。

巴金德高望重，管理意识形态方面的官员们谁也不愿意去和巴金公开对抗，巴金担任《收获》主编，官方对《收获》的审查也就睁一眼闭一眼，《收获》就是这样成为了统战对象。巴金的长寿，可以让《收获》长期以来独树一帜，可以让我们这些《收获》作者拥有足够的时间自由成长。

李小林转危为安，《收获》和先锋文学也转危为安。先锋文学转危为安还有另外的因素，当时文学界盛行这样一个观念：先锋小说不是小说，是一小撮人在玩文学，这一小撮人只是昙花一现。这个观念多多少少误导了官方，官方对待先锋文学的态度从打压逐渐变成了让这些作家自生自灭。

这个盛行一时的"不是小说"的观念让我们当时觉得很可笑，什么是小说？我们认为小说的叙述形式不应该是固定的，应该是开放的，是未完成的，是永远有待于完成的。

我们对于什么是小说的认识应该感谢我们的阅读。在经历了没有书籍的"文革"时代后，我们突然面对蜂拥而来的文学作品，中国的古典小说和现代小说、西方十九世纪小说和二十世纪小说同时来到，我们在眼花缭乱里开始自己的阅读经历。我们这些先锋小说作者身处各地，此前并不相识，却是不约而同选择了阅读西方小说，这是因为比起中国古典和现代小说来，西方小说数量上更多，叙述形式上更加丰富多彩。

我们同时阅读托尔斯泰和卡夫卡他们，也就同时在阅读形形色色的小说了。我们的阅读里没有文学史，我们没有兴趣去了解那些作家的年龄和写作背景，我们只是阅读作品，什么叙述形式的作品都读。当我们写作的时候，也就知道什么叙述形式的小说都可以去写。

　　当时主流的文学观念很难接受我们小说中明显的现代主义倾向，持有这样观念的作家和批评家认为托尔斯泰和巴尔扎克这些十九世纪作家的批判现实主义才是我们的文学传统。卡夫卡、普鲁斯特、乔伊斯、福克纳、马尔克斯他们，还有象征主义、表现主义和荒诞派等都是外国的。我们感到奇怪，难道托尔斯泰和巴尔扎克他们不是外国的？

　　当时的文学观念很像华东师范大学深夜紧锁的铁栅栏门，我们这些《收获》的先锋文学作者饥肠辘辘的时候不会因为铁栅栏门关闭而放弃出去寻找食物，翻越铁栅栏门是不讲规矩的行为，就像我们的写作不讲当时的文学规矩一样。二十多年后的现在，华东师范大学不会在夜深时紧锁大门，可以二十四小时进出。卡夫卡、普鲁斯特、乔伊斯、福克纳、马尔克斯他们与托尔斯泰、巴尔扎克他们一样，现在也成为了我们的文学传统。

二〇一三年十月十四日

巴金很好地走了

巴金去世的消息传来，我先是吃了一惊，因为事先没有得到任何迹象，然后我一个人坐在沙发上，拿出手机，犹豫了一分钟，还是没有给李小林打电话，我想她现在可能不接听电话了。

我第一次读到巴金的作品是上个世纪七十年代末，粉碎"四人帮"以后，很多中国现代文学作品和外国文学作品重新出版，当时的出版是求大于供，我所在的海盐县新华书店进的书不多，我是一早去书店门口排队领书票，领到书票以后才能买书，而且每张书票只能买两册书。我买了巴金的《家》，为什么？我少年时期曾经在电影的连环画上读过《家》，读完后我伤心了很长时间。当我读完真正的《家》以后，我再一次感动了。这部作品不仅写下了家庭中成员的个人命运，同时也写下了那个动荡时代的命运。这是我第一次注意到一部作品和一个时代的关系。

后来我自己写小说了，我也写下了几个家庭的故事。今天回想起来，我觉得这是巴金对我的影响，也是中国的历史和现实对我的影响。中国有着漫长的封建制社会，中国人在这样的社会体制里是没有个人空间的，其个人空间只能在自己的家庭中表达出来。巴金的《家》揭示了过去时代中国人的生存方式。

我从未见过巴金，其实我是有机会的，我只要对李小林说：我想见见巴金。李小林肯定会带我去她家，可是我一直不好意思说，从八十年代一直到九十年代，我每次去上海，都有这样的愿望，可是一直没有说。后来巴金的身体状况越来越不好以后，我就更不能向李小林提这样的要求了。

李小林曾经说起过她父亲的一些事，比如最早让李小林阅读的外国文学是大仲马的作品，中国文学是《封神演义》。李小林还说到她小时候学钢琴的事，她母亲逼她练习，她不愿意的时候就哭，这时候巴金就会默默地坐在女儿的身边。阅读巴金的作品，尤其是《随想录》，会觉得他是一个在精神上勇敢的人，也会觉得他是一个在生活中温和的人。

今天晚上，巴金离开了我们。我觉得在难受之后，还是应该感到欣慰，因为巴金该做的都做了，该留下的都留下了。想想鲁迅吧，他没有写完自己人生的小说就走了；巴金是写完了自己人生的小说才走的，而且是修改定稿以后才走的。我时常觉得《随想录》就是巴金对自己思想和生活最好的修改。所以我要说：

"巴金很好地走了。"

二〇〇五年十月十七日

关键词：日常生活

　　如果关于我的写作应该有一个关键词，那么这个词就是日常生活。日常生活貌似平淡和琐碎，其实丰富宽广和激动人心，而且包罗万象。政治、历史、经济、社会、体育、文化、情感、欲望、隐私等等，都存在于日常生活之中。

　　比方说，今天很多中国人喜欢与鸟巢和水立方合影留念，这已经是日常生活中的内容。这样的举动不仅包含了奥林匹克，也包含了当代中国在政治、社会、经济和文化等诸多方面的变化，因为鸟巢和水立方已经是今天中国的象征。同时，这个日常生活中的普遍举动也勾起了我遥远的隐私。"文革"时期我正值少年，生活在中国南方的小镇上，我最大的愿望就是能够前往北京，在天安门广场前拍照留影，这几乎是我少年时代最为强烈的情感和最为冲动的欲望，可是这样的愿望对于那时候的我来说过于奢侈，我只能在小镇的照相馆里，站在天安门广场的布景前拍下一张照片，仿佛我真的到过天安门广场了，遗憾的是照片上的天安门广场空空荡荡，只有独自一人的我，这是在布景前照相的唯一瑕疵。当今天很多中国人与鸟巢和水立方合影时，我与一些同龄的朋友们说起自己这张旧照，才知道他们也都有一张站在天安门广场布景前的照片。我们感慨不已，沉浸在历史的记忆之中。

这就是我的写作，从中国人的日常生活出发，经过政治、历史、经济、社会、体育、文化、情感、欲望、隐私等等，然后再回到中国人的日常生活之中。

二〇〇九年四月九日

荒诞是什么

我写下过荒诞的小说，但是我不认为自己是一个荒诞派作家，因为我也写下了不荒诞的小说。荒诞的叙述在我们的文学里源远流长，已经是最为重要的叙述品质之一了。从二十世纪西方文学的传统来看，荒诞的叙述也是因人因地因文化而异，比如贝克特和尤奈斯库的作品，他们的荒诞十分抽象，这和当时的西方各路思潮风起云涌有关，他们的荒诞是贵族式的思考，是饱暖思荒诞。

卡夫卡的荒诞是饥饿式的，是穷人的荒诞，而且和他生活的布拉格紧密相关，卡夫卡时代的布拉格充满了社会的荒诞性，就是今天的布拉格仍然如此。

有个朋友去参加布拉格的文学节，回来后向我讲述他亲身经历的一件事。文学节主席的手提包被偷了，那个小偷是大模大样走进办公室，坐在他的椅子上，当着文学节工作人员的面，逐个拉开抽屉寻找什么，然后拿着手提包走了。傍晚的时候，文学节主席回来后找不到手提包，问工作人员，工作人员说是一个长得什么样的人拿走的,以为是他派来取包的,他才知道被偷走了。手提包里是关于文学节的全部材料,这位主席很焦急,虽然钱包在身上,可是这些材料对他很重要。没想到过了一会儿小偷回来了,生气地指责文学节主席,为什么手提包里面没有钱。文学节主席看到小偷双手空空,问他手提包呢?小偷说扔掉了。文学节主席和几个外国作家诗人(包括我的朋友)把小偷扭送到警察局,几个警察正坐在楼上打牌,文学节主席用捷克语与警察说了一通话,然后告诉那几位外国作家诗人,说是警察要打完牌才下来处理。他们耐心等着,等了很久,一个警察很不情愿地走下楼,先是给小偷做了笔录,做完笔录就把小偷放走了。然后给文学节主席做笔录,再给几位外国作家诗人做笔录,他们是证人。这时候问题出来了,几位外国作家诗人不会说捷克语,需要找专门的翻译过来,文学节主席说他可以当翻译,将这几位证人的话从英语翻译成捷克语,警察说不行,因为文学节主席和这几位外国作家诗人认识,要找一个不认识的翻译过来。文学节主席打了几个电话,终于找到一个翻译,等翻译赶到,把所有证人的笔录做完后天快亮了,文学节主席带着这几位外国作家诗人离开警察局时,苦笑地说那个小偷正在做美梦呢。我的朋友讲完后说:"所以那个地方会出卡夫卡。"

还有马尔克斯的荒诞,那是拉美政治动荡和生活离奇的见证,今天那里仍然如此,前天晚上我的巴西译者修安琪向我讲述了现在巴西的种种现实。她说自己去一个朋友家，距离自己家只有一百米，如果天黑后，她要叫一辆出租车把自己送回去，否则就会遇到抢劫。她说平时口袋里都要放上救命钱，遇到抢劫时递给劫匪。她的丈夫有一天晚饭后在家门口的小路上散步，天还没黑，所以没带上救命钱，结果几个劫匪用枪顶着他的脑门，让他交钱出来，他说没带钱，一个劫匪就用枪狠狠地砸向他的左耳，把他的左耳砸聋了。还有一个真实的故事，当年巴西著名的球星卡洛斯，夏天休赛期回到巴西，开着他的跑车兜风，手机响了，是巴西一个有上亿人收听的足球广播的主持人打来的，主持人要问卡洛斯几个问题，卡洛斯说让他先把车停好再回答，等他停好车准备回答问题时，一把枪顶住他的脑门了，他急忙对主持人说先让他把钱付了再回答问题。差不多有几千万人听到了这个直播，可是没有人觉得奇怪。

美国的黑色幽默也是荒诞，是海勒他们那个时代的见证。我要说的是，荒诞的叙述在不同的作家，不同的时代，不同的民族那里表达出来时，是完全不同的。用卡夫卡式的荒诞去要求贝克特是不合理的，同样用贝克特式的荒诞去要求马尔克斯也是不合理的。这里浮现出来了一个重要的阅读问题，就是用先入为主的方式去阅读文学作品是错误的，伟大的阅读应该是后发制人，那就是怀着一颗空白之心去阅读，在阅读的过程里内心迅速地丰富饱满起来。因为文学从来都是未完成的，荒诞的叙述品质也是未完成的，过去的作家已经写下了形形色色的荒诞作品，今后的作家还会写下与前者不同的林林总总的荒诞作品。文学的叙述就像是人的骨髓一样，需要不断造出新鲜的血液，才能让生命不断前行，假如文学的各类叙述品质已经完成了固定了，那么文学的白血病时代也就来临了。

二〇〇八年七月十五日

茨威格是小一号的陀思妥耶夫斯基

我二十岁的时候,第一次读到陀思妥耶夫斯基。那是一九八〇年,"文革"刚刚过去,很多被禁止的外国小说重新出版,但是数量有限,我拿到《罪与罚》的时候,只有两天阅读的时间,然后接力棒似的交给下一位朋友。

我夜以继日地读完了《罪与罚》。陀思妥耶夫斯基的叙述像是轰炸机一样向我的思绪和情感扔下了一堆炸弹,把二十岁的我炸得晕头转向。对于当时的我来说,陀思妥耶夫斯基的叙述太强烈了,小说一开始就进入了叙述的高潮,并且一直持续到结束。这是什么样的阅读感受?打个比方,正常的心跳应该是每分钟六十次,陀思妥耶夫斯基让我的心跳变成了每分钟一百二十次。这一百二十次的每分钟心跳不是一会儿就过去了,而是持续了两天。谢天谢地,我有一颗大心脏,我活过来了。

我当时太年轻,承受不了陀思妥耶夫斯基高强度的叙述轰炸,此后几年里我不敢再读他的作品。可是那种持续不断的阅读高潮又在时刻诱惑着我,让我既盼望陀式叙述高潮又恐惧陀式叙述高潮。那段时间我阅读其他作家的作品时都觉得味道清淡,如同是尝过海洛因之后再去吸食大麻,心想这是什么玩意儿,怎么没感觉?

这时候茨威格走过来了,对我说:"嗨,小子,尝尝我的速效强心丸。"

我一口气读了他的《一个女人一生中的二十四小时》《象棋的故事》和《一个陌生女人的来信》……茨威格的叙述也是陀思妥耶夫斯基的套路,上来就给我叙述的高潮,而且持续到最后。他向我扔了一堆手榴弹,我每分钟的心跳在八十次到九十次之间,茨威格让我感受到了那种久违的阅读激动,同时又没有生命危险。那段时间我阅读了翻译成中文的茨威格的所有作品,他的速效强心药很适合我当时的身心和口味。

陀思妥耶夫斯基和茨威格是截然不同的两位作家,但是他们的叙述都是我称之为的强力叙述。为什么我说茨威格是小一号的陀思妥耶夫斯基?看看他们的作品篇幅就知道了,那是大衣和衬衣的区别。更重要的是,陀思妥耶夫斯基描写的是社会中的人,茨威格描写的是人群中的人。我当时之所以害怕陀思妥耶夫斯基,而对茨威格倍感亲切,可能是茨威格少了陀思妥耶夫斯基叙述中那些社会里黑压压让人透不过气来的情景。茨威格十分纯粹地描写了人的境遇和人生的不可知,让我时时感同身受。当我度过了茨威格的阅读过程之后（另一方面我在社会上也摸爬滚打了几年），再去阅读陀思妥耶夫斯基时，我的心跳不再是每分钟一百二十次了，差不多可以控制在八十次到九十次之间。

我二十岁出头的时候，茨威格是一个很高的台阶，陀思妥耶夫斯基是一个更高的台阶。我当时年轻无知，直接爬到陀思妥耶夫斯基的台阶上，结果发现自己有恐高症。我灰溜溜地爬了下来，刚好是茨威格的台阶。我在习惯茨威格之后，再爬到陀思妥耶夫斯基的台阶上时，发现自己的恐高症已经治愈。

二〇一二年十月二十六日

大仲马的两部巨著

要我为读者推荐几本书,我首先想到的是法国的大仲马,人民文学出版社推出了插图本的《三剑客》和《基度山伯爵》。前者六十三万字,定价三十元;后者一百万字,定价四十元,价廉物美。《三剑客》和《基度山伯爵》是大仲马的伟大作品,我是二十来岁的时候第一次读到它们的,也是人民文学出版社的书,当时我不吃不喝不睡,几乎是疯狂地读完了这两部巨著,然后大病初愈似的有气无力了一个月。

这是我阅读经典文学的入门书,去年我儿子十一岁的时候,我觉得他应该阅读经典文学作品了,我首先为他选择的就是《三剑客》和《基度山伯爵》。我儿子读完大仲马的这两部巨著后,满脸惊讶地告诉我:原来还有比《哈利·波特》更好的小说。今年八月在上海时,李小林告诉我,她十岁的时候,巴金最先让她阅读的外国文学作品也是大仲马的这两部小说。

很多人对大仲马议论纷纷,他的作品引人入胜,于是就有人把他说成了通俗小说作家。难道让人读不下去的作品才是文学吗？其实大仲马的故事是简单的，让读者激动昂扬的是他叙述时的磅礴气势，还有他刻画细部时的精确和迷人的张力。

克林顿还在当美国总统时，有一次请加西亚·马尔克斯到白宫做客，在座的作家还有富恩特斯和斯泰伦。酒足饭饱之后，克林顿想知道在座的每位作家最喜欢的一部长篇小说是什么，加西亚·马尔克斯的回答是《基度山伯爵》。为什么？马尔克斯说《基度山伯爵》是关于教育问题的最伟大的小说。一个几乎没有文化的年轻水手被打入伊夫城堡的地牢，十五年以后出来时居然懂得了物理、数学、高级金融、天文学、三种死的语言和七种活的语言。

我一直以为进入外国经典文学最好是先从大仲马开始，阅读的耐心是需要日积月累的，大仲马太吸引人了，应该从他开始，然后是狄更斯他们，然后就进入了比森林还要茂密宽广的文学世界，这时候的读者已经有耐心去应付形形色色的阅读了。加西亚·马尔克斯的话让我意识到，大仲马的这两部巨著不仅仅是阅读经典文学的入门之书，也是一个读者垂暮之年阅读经典文学的闭门之书。

二〇〇五年九月七日

川端康成和卡夫卡的遗产

川端康成和卡夫卡，来自东西方的两位作家，在一九八二年和一九八六年分别让我兴奋不已。虽然不久以后我发现他们的缺陷和他们的光辉一样明显。然而当我此刻再度回想他们时，犹如在阴天里回想阳光灿烂的情景。

川端康成拥有两根如同冬天的枯树枝一样的手臂，他挂在嘴角的微笑有一种衰败的景象。从作品中看，他似乎一直迷恋少女。直到晚年的写作里，对少女的肌肤他依然有着少男般的憧憬。我曾经看到一部日本出版的川端康成影册，其中有一幅是他在接受诺贝尔文学奖时的演说，面对他的第一排坐着几位身穿和服手持鲜花的日本少女。他还可能喜欢围棋，他的《名人》是一部激动人心的小说。

《美的存在与发现》是他自杀前在夏威夷的文学演说，文中对阳光在玻璃杯上移动的描叙精美至极，显示了川端在晚年时感觉依然生机勃勃。文后对日本古典诗词的回顾与他的《我在美丽的日本》一样，仅仅只是体现了他是一位出众的鉴赏家。而作为小说家来说，这两篇文章缺乏对小说具有洞察力的见解，或许他这样做是企图说明自己作品的渊源，从而转弯抹角地回答还是不久以前对他们（新感觉派）的指责，指责认为他们是模仿表现主义、达达主义、莫朗等。这时候的川端有些虚弱不堪。

一九八二年在浙江宁波甬江江畔一座破旧公寓里，我最初读到川端康成的作品，是他的《伊豆的舞女》。那次偶然的阅读，导致我一年之后正式开始的写作，和一直持续到一九八六年春天的对川端的忠贞不渝。那段时间我阅读了译为汉语的所有川端作品。他的作品我都是购买双份，一份保存起来，另一份放在枕边阅读。后来他的作品集出版时不断重复，但只要一本书中有一个短篇我藏书里没有，购买时我就毫不犹豫。

现在回想起来，当初对川端的迷恋来自我写作之初对作家目光的发现。无数事实拥出经验，在作家目光之前摇晃，这意味着某种形式即将诞生。川端的目光显然是宽阔和悠长的。他在看到一位瘸腿的少女时给予了深切的同情，她与一个因为当兵去中国的青年男子订婚，这是战争给予她的短暂恩赐。未婚夫的战死，使婚约解除，她离开婆家独自行走，后来伫立在一幢新屋即将建立处，新屋暗示着一对新婚夫妇即将搬入居住。两个以上的、可能是截然无关的事实可以同时进入川端的目光，即婚约的解除与新屋的建成。

《雪国》和《温泉旅馆》是川端的杰作，还有《伊豆的舞女》等几个短篇。《古都》对风俗的展示过于铺张，《千只鹤》里有一些惊人的感受，但通篇平平常常。

川端的作品笼罩了我最初三年多的写作。那段时间我排斥了几乎所有别的作家，只接受普鲁斯特和曼斯菲尔德等少数几个多愁善感的作家。

这样的情形一直持续到一九八六年春天。一个偶然的机会让我发现了卡夫卡。我是和一个朋友在杭州逛书店时看到一本《卡夫卡小说选》的。那是最后一本，我的朋友先买了。后来在这个朋友家聊天，说到《战争与和平》，他没有这套书。我说我可以设法搞到一套，同时我提出一个前提，就是要他把《卡夫卡小说选》给我。他的同意使我在不久之后的一个夜晚读到了《乡村医生》。那部短篇使我大吃一惊。事情就是这样简单，在我即将沦为文学迷信的殉葬品时，卡夫卡在川端康成的屠刀下拯救了我。我把这理解成命运的一次恩赐。

《乡村医生》让我感到作家在面对形式时可以是自由自在的，形式似乎是"无政府主义"的，作家没有必要依赖一种直接的、既定的观念去理解形式。在某种意义上说，作家完全可以依据自己心情是否愉快来决定形式是否愉悦。在我想象力和情绪力日益枯竭的时候，卡夫卡解放了我，使我三年多时间建立起来的一套写作法则在一夜之间成了一堆破烂。不久以后我注意到了一种虚伪的形式（参见《虚伪的作品》一文）。这种形式使我的想象力重新获得自由，犹如田野上的风一样自由自在。只有这样，写作对我来说才如同普鲁斯特所说的："有益于身心健康。"

以后读到的《饥饿艺术家》《在流放地》等小说，让我感到意义在小说中的魅力。川端康成显然是属于排斥意义的作家。而卡夫卡则恰恰相反，卡夫卡所有作品的出现都源于他的思想。他的思想和时代格格不入。我在了解到川端康成之后，再试图去了解日本文学，那么就会发现某种共同的标准，所以川端康成的出现没有丝毫偶然的因素。而卡夫卡的出现则可以说是一个奇迹了，文学史上的奇迹。

从相片上看，卡夫卡脸型消瘦，锋利的下巴有些像匕首。那是一个内心异常脆弱过敏的作家。他对自己的隐私保护得非常好。即使他随便在纸片上涂下的素描，一旦被人发现也立即藏好。我看到过一些他的速写画，基本上是一些人物和椅子及写字台的关系。他的速写形式十分孤独，他只采用直线，在一切应该柔和的地方他一律采取坚硬的直线。这暗示了某种思维特征。他显然是善于进行长驱直入的思索的。他的思维异常锋利，可以轻而易举地直达人类的痛处。

《审判》是卡夫卡三部长篇之一，非常出色。然而卡夫卡在对人物K的处理上过于随心所欲，从而多少破坏了他严谨的思想。

川端康成过于沉湎在自然的景色和女人的肌肤的光泽之中。

卡夫卡则始终听任他的思想使唤。因此作为小说家来说，他们显然没有福克纳来得完善。

无论是川端康成，还是卡夫卡，他们都是极端个人主义的作家。他们的感受都是纯粹个人化的，他们感受的惊人之处也在于此。

川端康成在《禽兽》的结尾，写到一个母亲凝视死去的女儿时的感受，他这样写：

女儿的脸生平第一次化妆，真像是一位出嫁的新娘。

而在卡夫卡的《乡村医生》中，医生看到患者的伤口时，感到有些像玫瑰花。

川端康成和卡夫卡的遗产是两座博物馆，所要告诉我们的是文学史上曾经出现过什么；而不是两座银行，他们不供养任何后来者。

一九八九年十一月十七日

给学生的推荐作品篇目

《巴黎评论》:新一期《巴黎评论》冬季刊第246期刊登了一篇"小说的艺术"专访,受访者是中国作家余华,他创作了《活着》《兄弟》《许三观卖血记》等小说。我们请余华为我们正在进行的专栏提供一份课程提纲,他答应了我们的请求,并提供了一份他向学生推荐的书单——但正如他在访谈中所说,切记不要狭隘地专注于阅读书单:"文学不是我生活中的唯一。我鼓励我的学生也这样想。最近,我对其中一个学生说:'我们今天下午见个面,谈谈你的短篇小说集。'她说:'老师,我今晚要去泡吧。'我说:'好吧,玩得开心点。'"

我在北京师范大学的工作是文学创作方向的教授,我的学生入校之前大多没有写作小说的经历,只有个别的有。他们都是写作短篇小说开始,然后进入中篇小说写作。中篇小说是中国特有的小说体裁，三万中文字到十万中文字篇幅的属于中篇小说，胡里奥·科塔萨尔《南方高速》和伊恩·麦克尤恩《在切瑟尔海滩上》就是中篇小说。

我给学生推荐的作品目录基于以下两点，第一是避开那些在中国已经耳熟能详的作品，我的学生在中学和大学本科期间基本上读过这些作品了。《老人与海》是一个例外，我要求他们重读。第二是有针对性，针对学生写作追求的不同去推荐不同的作品。

我有一个学生写作时满脑子的奇思异想，我要求她读三遍《南方高速》，告诉她去寻找一个司空见惯的生活细节或者生活场景，以此出发，在叙述的不断放大里（这样的放大依靠的仍然是真实的生活细节），写出生活的广阔和人性的复杂。我也要求她读三遍卡夫卡《在流放地》。我告诉她，文学的荒诞不是离开真实，而是更快地到达真实，或者说从真实出发回到真实，当然这个回来的真实已经面目全非。

另一个学生擅长利用结构的变化写故事，他在这方面做得很好，我让他读弗里德里希·迪伦马特《法官和他的刽子手》、爱伦·坡《失窃的信》，让他去看看没有通过结构变化写出来的好故事。而且迪伦马特的侦探小说与爱伦·坡的完全不同，迪伦马特在写一起凶杀案的时候，看似随意其实是不失时机地写下了生活的细节和气息，爱伦·坡的叙述高度集中，他的故事里总会有一个匕首般尖利的细节。

我也会向学生推荐作家,用研究经费买书后分发给他们,比如《约翰·契弗短篇小说集》,里面收录了六十一篇由约翰·契弗自己编选的作品;苏童的《夜间故事》,这是苏童的自选短篇小说集,收录了他各个时期的代表作品四十三篇。我不要求学生一定要读完上述作品,如果有感觉,可以读下去,如果没有感觉,可以放弃。没有感觉的话,不是作品的问题,也不是学生的问题,应该是学生和这些作品还没有到真正相遇的时刻。

我让学生读《在切瑟尔海滩上》,告诉他们文学的目标不是个别性,而是普遍性,正是普遍性,才会让我们在阅读不同时代不同国家不同文化的作品时感同身受。伊恩·麦克尤恩的这篇小说很好地展现了从个别性出发抵达普遍性的叙述过程。

川端康成是我写作上的第一个老师,我向学生推荐的是他的《温泉旅馆》,推荐的目的是让学生们知道,我们的文学里还有这样类型的作品:一部似乎只有配角,没有主角的小说。

赫尔多尔·奇里扬·拉克司内斯的《青鱼》很重要,我要学生明白一个事实,史诗的品质不只是长篇小说的特权,有时候也是短篇小说的权利。

我告诉学生,想象力和洞察力是一个作家最为重要的品质。若昂·吉马朗埃斯·罗萨的《河的第三条岸》是文学想象力的代表作品之一,不是胡思乱想的想象力,是脚踏实地的想象力,罗萨在讲述这个故事时，没有丝毫离奇之处，似乎是一个和日常生活一样真实的故事，可是它完全不是一个日常生活的故事。威廉·特雷弗的《出轨》则是文学洞察力的代表作品之一，威廉·特雷弗以他一贯的安静叙述，安静到了像是没有波澜的水面，表现出了他对生活细致入微的观察。生活的平衡一旦打破，结束的时候也就来到了。

我推荐的罗素·班克斯的《摩尔人》，学生们都喜欢，我的一个学生读完后这样写道："罗素·班克斯在如此短的篇幅里，将时光的流逝写得哀婉而动人。随着小说时间的流淌，'我'对于盖尔和那段记忆态度的变化，'我'对盖尔说的那些似是而非的谎言，最后汇聚在'时光来过，时光走了，时光一去不返。而眼前的这一切就是我的所有'的余韵之中。"

《摩尔人》是罗素·班克斯翻译成中文的唯一作品，我是在村上春树选编的《生日故事集》里读到的。去年十一月的时候，我才知道他在去年一月八日去世了，震惊之后心里涌上冬天般的凄凉之感。二〇一〇年五月，我们在耶路撒冷国际文学节相遇，罗素·班克斯是一个亲切的人。他对我说，他有两件事一定要在死之前完成，其中一个是要去一次中国。我问他计划什么时候来中国，他还没有回答，旁边的保罗·奥斯特开玩笑地替他回答：死之前。

推荐作品篇目:

短篇小说:

赫尔多尔·奇里扬·拉克司内斯《青鱼》

弗兰兹·卡夫卡《在流放地》

豪尔赫·路易斯·博尔赫斯《南方》

艾萨克·巴什维斯·辛格《傻瓜吉姆佩尔》

威廉·特雷弗《出轨》

若昂·吉马朗埃斯·罗萨《河的第三条岸》

苏童《西瓜船》

玛格丽特·尤瑟纳尔《王佛脱险记》

约翰·契弗《再见了，我的兄弟》

罗素·班克斯《摩尔人》

加西亚·马尔克斯《礼拜二午睡时刻》

斯蒂芬·克莱恩《海上扁舟》

布鲁诺·舒尔茨《鸟》

爱伦·坡《失窃的信》

欧·亨利《麦琪的礼物》

中篇小说:

欧内斯特·海明威《老人与海》

加西亚·马尔克斯《没有人给他写信的上校》

詹姆斯·乔伊斯《死者》

安东·契诃夫《草原》

居伊·德·莫泊桑《羊脂球》

川端康成《温泉旅馆》

樋口一叶《青梅竹马》

胡里奥·科塔萨尔《南方高速》

伊恩·麦克尤恩《在切瑟尔海滩上》

弗里德里希·迪伦马特《法官和他的刽子手》

弗朗索瓦·莫里亚克《给麻风病人的吻》

二〇二四年一月二十九日

结语

《巴黎评论》有一个"文学课程推荐篇目"的栏目，邀请受访作家简单撰写，发表在其网站上。

我把《给学生的推荐作品篇目》的英译和中文推到我们的微信博士群，请学生在推荐篇目里各自认领一篇，写下他们的分析和感受，我提醒他们这不是必修课，是选修课，可以不写，当然我希望他们都写，我告诉他们：多写一篇文章不是坏事。

我想看看学生在各自的文学路上走到什么地方了，我熟悉他们写下的小说作品，从初稿到定稿，在小说里我可以看到学生的创作才能，看到他们各自的特长和各自的方向，但是在学生写下的对经典作品的分析里，我能够更为直接地看到他们对小说的理解，同时也能看到他们对生活的理解。

叶昕昀的《读〈在切瑟尔海滩上〉》，显示她在文学路上已经走得很远了，这是我读过的她的第五篇关于作品也是关于生活和现实的文章。叶昕昀的这篇文章从詹姆斯·伍德批评麦克尤恩利用叙事操纵读者的观点出发,来讨论《在切瑟尔海滩上》的叙述特点,她分析叙事里的"操纵"和"自然"时深入透彻,清晰机智地写出了这两者对立统一的辩证关系。同时叶昕昀以一个小说家的眼光看到《在切瑟尔海滩上》对时代背景的表述是有层次的,第一层是一九六〇年代初的蓝袜子、哈罗德·麦克米伦、核裁军集会、美苏对立、摇滚乐等,第二层"不是那些作为时代背景的政治与文化事件,而是时代性道德规约下对于个体的塑造与束缚"。对于一部文学作品来说,这第二层的时代背景表述才是叙述的本能。

在《〈南方高速〉的"叙事势能"》里,武茳虹将研究者与创作者集于一身,两者都以出色的状态表现出来,研究者的思维和创作者的思维在她这里无缝衔接。她从莫言当初读完《南方高速》感到其语言有"摧枯拉朽的势能"开始,又从黄霖等学者对于中国古典小说中"势"的分析里,杂交出自己的"叙事势能"。这是武茳虹让我欣赏的地方,她做到了"勤于学善于思敏于行贵于悟"。她很会借势,无论是小说创作,还是论文研究,她能够化别人为自己。在这篇文章里,人物众多情节繁杂的《南方高速》在她的分析里秩序井然,"整个小说中所有的人物本质上只有一个行动,就是在这条直线上缓慢地移动,其余所有的行动都可以视作是由它推动的次生行动,就像树木延伸出的枝杈,因为依附于一个雄厚而粗壮的主干,所有的次生行动都变得意味深长"。武茳虹从人物的状态也从人物的心理深入进去，准确阐述了叙事学意义上堵车时的"蓄势"和疏通时的"泄势"。

读赵瑞华的《叶戈尔的草原》，感觉是在读一篇优美的散文，当然不仅仅是散文，赵瑞华敏感地写出了契诃夫《草原》的叙述魅力，她的小说家的眼睛上戴着一副没有牌子的太阳镜，我们看到契诃夫的光芒照在她的镜片上，而她作为小说家的目光躲在镜片后面，这是《叶戈尔的草原》给予我的阅读感受。赵瑞华读研时写下的小说让我看到了她独特的感觉，虽然那时候她写作结构能力欠缺，可是她细腻带有感伤的感觉打动了我，看看这篇文章的一个段落就知道："'雷声刚刚收歇，就来了一道极宽的闪电，叶戈鲁什卡从篷布的裂缝里忽然看见通到远方的整个宽阔的大道，看见所有的车夫，甚至看清了基留哈的坎肩。'坎肩给予视点的集中突显了闪电的锐利，是宽阔的闪电消失瞬间事物的残影。"这样敏感的觉察在这篇文章里时常显现。五年来，我看着赵瑞华稳步向前，她的结构能力大幅提升，她细腻独特的感觉继续成长。契诃夫《草原》叙述语言的自然散发，在赵瑞华眼中"如同优美的游记"，她用散文的笔法写下这篇分析文章，让我读来感到与原作十分契合。她最后写道："契诃夫在《草原》中教给我们的并非是写作的技巧、结构，而是由细致的耐心、充沛的情感所带来的书写的气韵。作家游荡在自己的草原之上，一切所闻所见变得鲜活。他用温柔的目光抚过草原，抚过草原上生活的人们，用敏锐和同情觉察他们的处境。"

祁清玉写下的是荒诞小说，她的想象力与众不同，她的想象在飞翔的时候有着天真的姿态，正是这样的天真感，使她的荒诞小说有着自己的气息。我希望她现在多写几篇拥有天真感的荒诞小说。她说只写四篇这样的小说，不想多写。我说过些年你失去叙述的天真感后，写不出这样的小说。她用天真的笑容和语气对我说，我要变得邪恶。在布置这个作业时，我以为她会选择若昂·吉马朗埃斯·罗萨《河的第三条岸》，我觉得在气质上，若昂·吉马朗埃斯·罗萨可能会是祁清玉的文学向导，结果她选择一篇狠的，卡夫卡的《在流放地》。祁清玉的《游历"城堡"内部：卡夫卡〈在流放地〉》，是一篇关于卡夫卡作品的论文，《在流放地》只是一个借口。她的直觉让她看到了《在流放地》叙述的关键："如果按照卡夫卡小说的一般套路，可能会从那个被判决者，就是那个犯人的角度写，是小人物感受到荒诞却无法停止的挣扎，但是这篇小说似乎是从另一个方向写过来的。"之后她又让奥威尔《一九八四》加入进来，从意识形态的角度分析《在流放地》，她说："奥威尔写权力的极盛时期，卡夫卡却写这组权力的落寞之时。"她做得不错。

史玥琦的《有机的真相与虚构的正义：小说的呼吸》一文思维缜密，他选择的是迪伦马特《法官和他的刽子手》，他就是我在前文说的"擅长利用结构的变化写故事"的那位学生。《法官和他的刽子手》是迪伦马特第一篇侦探小说，史玥琦读完立刻意识到这是披着侦探外衣的人生故事，他的文章上来就说："它一登场就质疑了自己的文类，向彼时已趋于模式化的'犯案－解谜－真相'的传统侦探小说挑战。"史玥琦的文章逻辑清晰，阐述层层递进，显示了他在理论方面的训练成果，也显示了他对于什么是故事的深入理解。在关于小说叙述"呼吸"的两处段落，从"'呼吸'的写法给了创作者另一重自由"过渡到"真相正隐藏于叙述的'呼吸'之间"。史玥琦显示了作为小说家的敏感，虽然他使用的仍然是偏向抽象性的语言，而非作为小说家强项的感受性语言。史玥琦是这六位学生里唯一从外校考进来的，其他五位学生的硕士时期都是在北师大度过的，史玥琦还是唯一的男生，他进来就要面对四位师姐，我每次见到他，他都是快乐的样子，看来师姐们没有欺负他。

程舒颖是这六位学生里最年轻的，一九九九年出生的她出道很早，高中时期开始写作和发表，武汉大学本科毕业后，保研来到北师大，下个学期她读博了。她在北师大期间写下了几篇关于父辈的小说，以此告别自己过去的写作，与其他作家写父辈故事时放弃自己和现在的视角不同，程舒颖坚持自己和现在的视角去写，故事因此深远，人物因此生动，而且她在空间和时间的叙述上，来回往返，收放自如，小说里的时空因此得到了延伸和扩展。她选择的是赫尔多尔·奇里扬·拉克司内斯的《青鱼》，这篇《青鱼之苦》有着音乐般的流畅，我读的时候赏心悦目，感觉她告诉我的似乎不是一篇小说，而是一首协奏曲。她对拉克司内斯《青鱼》的理解和感受，尤其是把这样的理解和感受清晰准确地表达出来，我似乎看到了将来的程舒颖。与前面的五篇文章一样，我仍然很难概括，在此只说两点。第一点是她对叙述语言的敏锐："'青鱼来了。'这是整篇小说的开头，独成一段。它精简，没有任何多余的情感色彩，却充满了语言的动势。青鱼潜在冰岛的海水里，鳞片上的光芒也向读者一闪而过。"第二点是她对小说内在规模的认知，她在讲述了老卡达之后，文章结尾时这样评价这篇只有六千多字的小说："青鱼使得这篇短篇小说容量巨大无比，类似巨鲸之口，容纳万物的原因——它阐释了一个民族的命运的同时，也聚焦了一个人，使她看似微不足道的一生变得宏阔。"

我读完六位学生写下的这六篇文章后感到欣慰，他们个性十足地表达了自己的文学见解，他们文章的内在都是十分接近他们小说的内在，他们互相之间毫不相关，叶昕昀是叶昕昀，武茳虹是武茳虹，赵瑞华是赵瑞华，祁清玉是祁清玉，史玥琦是史玥琦，程舒颖是程舒颖，在他们的文章里看不到我的影子。

作为北师大文学创作方向的老师，我能做的不是以自己的写作方式和写作风格去教学生如何写作，这是做不到的，能做到的是去发现他们的个性，即使他们最初的作品是粗糙的，完成度很低，只要有个性，就会有成长。我要做的是，针对具体的作品提出具体的修改意见，告诉他们什么地方删除，什么地方保留，什么地方可以一笔带过，什么地方必须充分去写，同时指出他们在语言、情节和细节上出现的问题，告诉他们如何去把握叙述的分寸，这是写作时最为重要的。我应该做的是，让他们一个个走上自己的写作道路，而不是别人的道路，当他们走在自己写作路上出现步伐错误时，马上指出来，提醒他们改正前行的步伐，他们的步伐正确之后及时送上掌声，鼓掌是我另一个职责。

叶昕昀的第一部小说集《最小的海》出版后，我看到有人评论：叶昕昀是余华的学生，可是她的小说和余华的完全不一样。这就对了，如果学生写得像老师，是学生的失败，也是老师的失败。

二〇二四年三月二十七日

辑三：每一天迷人的黎明都以爱为开端

奥克斯福的威廉·福克纳

一九九九年的时候,我有一个月的美国行程,其中三天是在密西西比州的奥克斯福,我师傅威廉·福克纳的老家。

影响过我的作家其实很多,比如川端康成和卡夫卡,比如……又比如……有的作家我意识到了,还有更多的作家我可能以后会逐渐意识到,或者永远都不会意识到。可是成为我师傅的,我想只有威廉·福克纳。我的理由是做师傅的不能只是纸上谈兵,应该手把手传徒弟一招。威廉·福克纳就传给了我一招绝活,让我知道了如何去对付心理描写。

在此之前我最害怕的就是心理描写。我觉得当一个人物的内心风平浪静时,是可以进行心理描写的,可是当他的内心兵慌马乱时,心理描写难啊,难于上青天。问题是内心平静时总是不需要去描写,需要描写的总是那些动荡不安的心理,狂喜、狂怒、狂悲、狂暴、狂热、狂呼、狂妄、狂惊、狂吓、狂怕,还有其他所有的狂某某,不管写上多少字都没用,即便有本事将所有的细微情感都罗列出来，也没本事表达它们的瞬息万变。这时候我读到了师傅的一个短篇小说《沃许》，当一个穷白人将一个富白人杀了以后，杀人者百感交集于一刻之时，我发现了师傅是如何对付心理描写的，他的叙述很简单，就是让人物的心脏停止跳动，让他的眼睛睁开。一系列麻木的视觉描写，将一个杀人者在杀人后的复杂心理烘托得淋漓尽致。

从此以后我再也不害怕心理描写了，我知道真正的心理描写其实就是没有心理。这样的手艺我后来又在重读陀思妥耶夫斯基和司汤达时看到，这两位我印象中的心理描写大师，其实没做任何心理描写方面的工作。我不知道谁是我师傅的师傅，用文学的说法谁是这方面的先驱者，可能是一位声名显赫的人物，也可能是个无名小卒，这已经不重要了。况且我师傅天资过人，完全有可能是他自己摸索出来的。

所以我第一次去美国的时候，一定要去拜访一下师傅威廉·福克纳。我和一位名叫吴正康的朋友先飞到孟菲斯，再租车去奥克斯福。在孟菲斯机场等候行李的时候，吴正康告诉我，这里出过一个大歌星，名叫埃尔维斯·普雷斯利。我说从来没有听说过有歌星叫这个名字。当我们开车进入孟菲斯时，我一眼看见了猫王的雕像，我脱口叫了起来。吴正康说这个人就是埃尔维斯·普雷斯利。

我曾经在文章里读到威廉·福克纳经常在傍晚的时候，从奥克斯福开车到孟菲斯，在孟菲斯的酒吧里纵情喝酒到天亮。他有过一句名言，他说作家的家最好安在妓院里，白天寂静无声可以写作，晚上欢声笑语可以生活。为了寻找威廉·福克纳经常光顾的酒吧，我们去孟菲斯的警察局打听，一位胖警察告诉我们：这是猫王的地盘，找威廉·福克纳应该去奥克斯福。

我师傅是一位伟大的作家，在生活中他是一个喜欢吹牛的人，他最谦虚的一句话就是说他一生都在写一个邮票大的地方。等我到了奥克斯福，我看到了一座典型的南方小镇，中间是个小广场，广场中央有一位南方将领的雕像，四周一圈房子，其他什么都没有了。我觉得他在最谦虚的时候仍然在吹牛，这个奥克斯福比邮票还小。

如果不是旁边有密西西比大学，奥克斯福会更加人烟稀少。威廉·福克纳曾经在密西西比大学邮局找到过一份工作，就是分发信件。我师傅怎么可能去认真做这种事，他唯一的兴趣就是偷拆信件，阅读别人的隐私，而且读完后就将信扔进了废纸堆。他受到了很多投诉，结果当然是被开除了。

我还在密苏里大学的时候，一位研究威廉·福克纳的教授就告诉我很多关于他的轶闻趣事。威廉·福克纳一直想出人头地，他曾经想入伍从军混个将军干干，因为他身材矮小，体检时被刷掉了。他就去了加拿大，学会了一口英国英语，回来时声称加入了皇家空军，而且在一次空战中自己的飞机被击落，从天上摔了下来，只是摔断了一条腿，这简直是个奇迹。他也不管

217

奥克斯福的人是否相信，就把自己装扮成了一个跛子，开始拄着拐杖上街。几年以后他觉得拄着拐杖充当战斗英雄实在是件无聊的事，就把拐杖扔了，开始在奥克斯福健步如飞起来，让小镇上的人瞠目结舌。

那时候他在奥克斯福是个坏榜样，没有人知道他在写小说，只知道他是个游手好闲的二流子。当他的《圣殿》出版以后广受欢迎，奥克斯福的人还不知道。一位从纽约远道赶来采访的记者，在见到他崇敬的人物前，先去小镇的理发馆整理一下头发，恰好那个理发师也姓福克纳，他就问理发师和威廉·福克纳是什么关系，结果理发师觉得自己很丢脸，他说：那个二流子，是我的侄儿。

威廉·福克纳嗜酒如命，最后死在了酒精上。他是在骑马时摔了下来，这次他真把腿摔断了，在送往医院的路上，为了止疼，他大口喝着威士忌，到医院时要抢救的不是他的伤腿了，而是他的酒精中毒，他死在了医院里。

他在生前已经和妻子分手，他曾经登报声明，他妻子的账单与他无关。可以肯定他死后也不愿意和妻子躺在一起，倒霉的是他死在了前面，这就由不得他了。他妻子负责起了他的所有后事，当他妻子去世以后也就理所当然地躺在了他的身边。我师傅活着的时候还可以和这个他不喜欢的女人分开，死后就只能被她永久占有了。

现在威廉·福克纳是奥克斯福最值得炫耀的骄傲了。不管在什么地方，只要谈到美国文学，人们都认为威廉·福克纳是二十世纪最伟大的作家之一。可是在奥克斯福，后面就不会跟着"之一"，奥克斯福人干净利索地将那个他们不喜欢的"之一"删除了。

而且在很长一段时间里，威廉·福克纳这个曾经被认为是二流子的人，一直是美国南方某种精神的体现。比尔·克林顿还在当美国总统的时候，曾经和加西亚·马尔克斯、卡洛斯·富恩特斯和威廉·斯泰伦一起吃饭，席间提到威廉·福克纳的时候，同样是南方人的克林顿突然激动起来，他说他还是个孩子的时候，经常搭乘卡车从阿肯色州去密西西比州的奥克斯福，参观威廉·福克纳的故居，好让自己相信，美国的南方除了种族歧视、三K党、私刑处死和焚烧教堂以外，还有别的东西。

威廉·福克纳的故居是一座三层的白色楼房，隐藏在高大浓密的树林里，这样的房子我们经常在美国的电影里看到。我们去参观的时候，刚好有一伙美国的福克纳迷也在参观，我们可以去客厅，可以去厨房，可以去其他房间，就是不能走进福克纳的卧室和书房，门口有绳子拦着。威廉·福克纳在这幢白房子里写下了他一生最重要的作品，现在是威廉·福克纳纪念馆了。馆长是一位美国女作家，她知道我是来自遥远中国的作家，她说认识北岛，她说她已经出版四部小说了，而且还强调了一下，是由兰登书屋出版的，她和威廉·福克纳属于同一家出版社。然后悄悄告诉我，等别的参观者走后，她可以让我走进福克纳的卧室和书房。我们就站在楼道里东一句西一句说着话，等到没有别人了，她取下了拦在门口的绳子，让我和吴正康走了进去。其实走进福克纳的卧室和书房也没什么特别之处，和站在门口往里张望差不多。

在奥克斯福最有意思的经历就是去寻找福克纳的墓地。美国南方的五月已经很炎热了，我们开车来到小镇的墓园，这里躺着奥克斯福世世代代的男女。我们停车在一棵浓密的大树下面，然后走进了耸立着大片墓碑的墓地。走进墓地就像走进了迷宫一样，我们看到一半以上的墓碑都刻着福克纳的姓氏，就像走进中国的王家庄和刘家村似的，我们在烈日下到处寻找那个名字是威廉的墓碑，挥汗如雨地寻找，一直找到四肢无力，也没找到我的威廉师傅。最后觉得差不多所有的墓碑都看过了，还是没有威廉，我们开始怀疑是不是还有别的墓园。

中午的时候，我们和密西西比大学的一位研究福克纳的教授一起吃饭，他说我们没有找错地方，只是没有找到而已。吃完午饭后，他开车带我们去。结果我们发现福克纳的墓地就在我们前一次停车的大树旁，我们把所有的远处都找遍了，恰恰没有在近处看看。

我在威廉·福克纳的墓碑前坐了下来，他的墓碑与别人的墓碑没有什么太大的差别，旁边紧挨着的是他妻子的墓碑，稍稍小一些。我千里迢迢来到这里，就是为了看一眼我师傅的墓地，可是当我看到的时候，我却什么感觉都没有。只是觉得美国南方的烈日真称得上是炎炎烈日，晒得我浑身发软。现在回想起来，我这样做只是为了完成一个心愿，完成前曾经那么强烈，完成后突然觉得什么都没有了。

那位研究福克纳的教授在吃午饭的时候告诉我们,每年都有世界各地的人来到奥克斯福,来看一眼威廉·福克纳的墓地。接着这位教授说了一个真实的故事,他说差不多是十年前,一个和福克纳一样身材粗短的外国男人来到了奥克斯福,他是坐着美国人叫"灰狗"的长途客车来的,他在那个比邮票还要小的小镇上转了一圈,然后就去了福克纳的墓地。

有人看见他在福克纳的墓碑前坐了很长时间,他独自一人坐在那里,不知道他说话了没有,也不知道福克纳听到了没有。后来他站起来离开墓地,走回小镇。当时"灰狗"还没有到站,他需要等待一段时间,就走进了小镇的书店。

美国小镇的书店就像中国小镇的茶馆一样,总是聚集着一些聊天的人。这个外国老头走进了书店,他找了一本书,找了一个安静的角落坐下来,安静地读了起来。小镇上的人在书店里高谈阔论,书店老板一边和他们说着话,一边观察角落里的外国老头,他总觉得这个人有些面熟,又一时想不起来在什么地方见过这张脸。书店老板继续和小镇上的朋友们高谈阔论,他说着说着突然想起来这个外国老头是谁了,他冲着角落激动地喊叫:

"加西亚·马尔克斯!"

二〇〇四年十月十日

酒故事

这个酒故事发生在奥斯陆,是我前往斯塔万格的前一个晚上。我在挪威的出版社编辑阿斯比旺是个幽默的家伙,我们的翻译总是在他说完话后咯咯笑上一会儿,再把他的话翻译过来,然后是我笑了。他声称请我去吃地道的挪威饭喝地道的挪威酒,走在路上时我开始想象那是怎样的一家餐馆,应该是古旧的房子和古旧的色调,说不定中间还陈列着一艘维京海盗船。结果阿斯比旺把我们带进了一家专卖腌制鱼肉的商店,里面挂满不同种类的肉肠和不同种类的火腿,冷藏柜里是不同种类的鱼干。我以为里面是餐馆,往里走去,只有一间很小的办公室,有电脑和文件柜,一张桌子上已经摆放了一盘盘肉片和鱼片,还有几瓶酒,我心想这就是餐馆了。

这是一家父子两人的商店,我们在他们的办公室里坐下。就餐前,儿子说先让我们看看挪威地图,父亲提着一条火腿进来,火腿就是挪威地图。父亲用一把小刀指着火腿上不同的部位介绍起了挪威的城市:奥斯陆、卑尔根、斯塔万格……介绍了火腿上的城市后，父亲继续指点着火腿，介绍桌子上的肉片分别来自哪个部位。然后父亲手中的小刀指向了火腿外面，那是大海了，告诉我们桌子上的鱼片分别来自哪个海。

父亲放下火腿后，儿子指导我们，要将火腿肉片在手里搓热了再吃。我开玩笑地问是否可以在胳肢窝里搓热，他微笑地说可以。我说会有狐臭味，他开玩笑地回答，那样更好吃。

这位儿子告诉我，吃这些腌制的肉片和鱼片时胃里会觉得很冷，所以要喝土豆酿制的挪威烧酒，说这些烧酒酿制完成后灌进木桶，再装上船漂洋南下去赤道那里转一圈回来。于是在北欧寒冷的冬天里喝上这些从赤道回来的烧酒时，胃里会有非洲的炎热。

我用手搓热了肉片，放进嘴里咀嚼起来，同时喝下小杯的挪威烧酒，温顺刺激的液体从食道流下去的时候确实有一些炎热的感觉。我小心翼翼地吃着肉片和鱼片，小心翼翼地喝着烧酒，等待胃里出现非洲的炎热。

阿斯比旺大把抓着肉片鱼片吃，大口喝着从赤道回来的烧酒，大声讲述起他二十岁时曾经吃素的故事。那时候他住在巴黎，有一个漂亮的法国女朋友，他吃素一年多，也不喝酒，然后性欲脆弱不堪了，他焦虑不安，他的女朋友也焦虑不安，陪着他去看了三个医生，前两个医生查不出病症所在，第三个医生问起他的食谱时，才知道是什么原因，告诉他多吃肉多喝酒就行了。他不再吃素，大口吃肉，大杯喝酒，性欲立刻强壮无比了。

我听着阿斯比旺的性欲如何跌宕起伏的故事，一小杯接着一小杯喝着烧酒，胃里一次又一次呼唤"赤道赤道"，可是胃里不仅没有非洲的炎热，反而出现了北极的寒冷。这是从里往外冲锋出来的冷，比起站在寒冬风雪里的那种从外往里渗透的冷，这个他妈的更冷。

晚餐后我瑟瑟打抖回到宾馆，烧开一壶水，喝下两杯热茶后，胃里才有了温暖的感觉。可是第二天早晨醒来时，胃里仍然有丝丝寒意。我怀疑昨晚喝下去的烧酒没有去过赤道，这桶烧酒很可能装上一群酒鬼的船，从船长到大副到船员全是酒鬼，这群醉醺醺的酒鬼驶错方向了，没有南下去赤道，而是就近到北极去转了一圈。

我想起小时候，那个物质匮乏的年代，我家的一个邻居，六十多岁，每周要喝一次白酒，一小杯白酒和一粒五香豆。他美滋滋喝上一小口，舔一下五香豆，停顿一会儿，再美滋滋喝上一小口，再舔一下五香豆。直到五香豆表皮的咸味没有了，他才开始仔细地吃上一点。只有一小杯白酒和一粒五香豆，这个老头可以享受两个多小时神仙般的生活。他脸上洋溢出来的不是酒醉的表情，而是陶醉的表情。

再想想这些年看到的一些人，嚎叫着把名贵的白酒和红酒像啤酒一样干杯。这些人应该去喝假酒。

二〇一二年十二月二日

在日本的细节里旅行

二〇〇六年八月，日本国际交流基金会邀请我和家人访日十五天，去了东京和东京附近的镰仓；北海道的札幌、小樽和定山溪；还有关西地区的京都、奈良和大阪。

这是十分美好的旅程，二十多年前我开始阅读川端康成的小说时，就被他叙述的细腻深深迷住了，后来又在其他日本作家那里读到了类似的细腻，日本的文学作品在处理细部描述时，有着难以言传的丰富色彩和微妙的情感变化，这是日本文学独特的气质。

在阅读了二十多年的日本文学作品之后，我终于有机会来到了日本，然后我才真正明白为什么会产生如此细腻，而且这细腻又是如此丰富的日本文学，因为对细节的迷恋正是日本的独特气质。在我的心目中，日本是一个充满了巧妙细节的国度，我在日本的旅行就是在巧妙的细节里旅行。

在镰仓的时候，我去了川端康成家族的墓地，那是一个很大的墓园，不知道有多少人长眠于此。我们在烈日下沿着安静的盘山公路来到墓园的顶端，站在川端家族的墓地前时，我发现了一个秘密的细节，就是我四周的每一个墓碑旁都有一个石头制作的名片箱，当在世的人来探望去世的人时，应该递上一张自己的名片。如此美妙的细节，让生与死一下子变得亲密起来。或者说，名片箱的存在让生者和死者拥有了继续交往的隐秘的权利。

然后我在晴空下举目四望，看到无数的墓碑依次而下，闪耀着丝丝光芒，那一瞬间我觉得墓园仿佛成为了广场，耸立的墓碑们仿佛成为了一个一个在世者，或者说是一段一段已经完成的人生正在无声地讲述。我看着他们，心想我和他们其实生活在同样的空间里，只是经历着不同的时间而已。

在京都的清水寺，有一座气势磅礴的戏台，从山脚下支立起来，粗壮的树干如同蛛网一样纵横交错，充满了力量。高高的戏台面对着寺庙里的佛像，这戏台是给佛搭建的，当然和尚们也可以观看，可是他们只能站在另一端的山上，中间隔着悬崖峭壁，还有鸟儿们的飞翔。我去过很多寺庙，佛像前供满食物的情景已经习以为常，可是让众佛欣赏歌舞，享用精神食粮，我还是第一次见到。

京都的这个晚上令人难忘，那里有几十家寺庙连成一片，道路逶迤曲折，高低起伏，两旁商店里展示的商品都是那么的精美，门前的灯笼更是赏心悦目，脚下的台阶和石路每一尺都在变化着，让人感到自己是行走在玲珑剔透里。一位名叫寺前净因的大和尚带着我们在夜色里参观了他的高台寺，精美的建筑和精美的庭院，还有高科技的光影作用。在一个静如镜面的池塘旁，我们伫立良久，看着电脑控制的图像在水中变幻莫测，有一种阴森森的美丽让我们嘴里一声声赞叹不已。接下去寺前和尚又让我们观看了另一种阴森森的美丽，我们来到一片竹林前，看着电脑图像在摇动的竹子上翩翩起舞，那是鬼的舞蹈。当美丽里散发着恐惧时，这样的美丽会让人喘不过气来。

我们在一个又一个寺庙里安静地行走，一直来到川端康成《古都》里所描绘过的那个大牌坊前，然后看到了京都喧嚣的夜生活，我们身处的大牌坊仿佛是分水岭，一端是冷清的寺庙世界，另一端是热闹的世俗世界。我们站在属于寺庙的安静世界里，看着街道对面川流不息的人流和车流，霓虹灯的闪烁，声音的喧嚣，甚至食物的气息阵阵飘来，仿佛是站在另一个世界里看着这个人间的世界。

然后寺前和尚带着我们走上了一条没有一个游客知道的石屏小路，我们走在了京都人间生活的精华里。石屏小路静悄悄没有别人，只有我们几个人，我们悄悄地说话，赞叹着两旁房屋的精美变化，门和窗户的变化，悬挂门前灯笼的变化，就是里面照射出来的灯光也在不断地变化着，每一户人家都精心打扮了自己，每一户人家都不雷同。我十三岁的儿子感慨万千，他说："这不是人间，这是天堂。"

从日本回来以后，我一直想写一篇很长的散文，准备从东京的小树林开始。东京是一个属于摩天大厦的城市，可是只要有一片空地，那就是一片树林。由于道路的高高低低，有时候树林在身旁，有时候树林到了脚下，有时候树林又在头顶上了。树林在任何地方都会给予人们安静的感受，在喧嚣的大都市东京，树林给人的安静更加突出。就像在轰轰烈烈的现代音乐里，突然听到了某个抒情的乐句一样。生活在东京的喧闹里，时常会因为树林的出现，让自己烦躁的情绪获得一些安静。这个属于城市的细节，其实表达了一个国家源远流长的风格。

在这篇短文结束的时候，我想起了在札幌的一个晚上，北海道大学的野泽教授和几个朋友带着我来到了一个"新宿以北最繁华的地方"，那是札幌的酒吧区，据说那里有五千多家酒吧。我们来到了一家只有十平方米左右的酒吧，一个年近七旬的老年妇女站在柜台里面，我们在柜台外面坐成一排，喝酒聊天唱歌大笑，老板娘满嘴的下流俏皮话，我心想为什么大学的教授们喜欢来到这里，因为这里可以听到大学里听不到的下流俏皮话。这个酒吧名叫"围炉里"，老板娘年轻时当选过北海道的酒吧小姐，墙上贴满了当时选美比赛过程的照片，看着照片上那位年轻美丽的北海道酒吧小姐，再看看眼前这位仿佛山河破碎似的老年妇女，我难以想象她们是同一个人。

墙上还挂着日本前首相中曾根康弘送给她的一幅字，我说起中曾根的时候，她不屑地挥着手说："那孩子。"然后拿出纸和笔，

要我也像中曾根那样写下一句话。我看了看眼前这位老年妇女,又忍不住看了看墙上照片里那位年轻美人,写下了我当时的真实感受:

在围炉里,人生如梦。

二〇〇六年十二月十九日

美国的时差

我不是一个热爱旅行的人,因此我在每一次长途跋涉前都不做准备,常常是在临行的前夜放下手上的工作,收拾一些衣物,第二天糊里糊涂地出发了。以前我每一次去欧洲,感觉上就像是下楼取报纸一样,遥远的欧洲大陆在我这里没有什么遥远的感觉,而且十多年来我养成了生活没有规律的习惯,欧洲与中国六个小时的时差对我没有作用,因为以前去欧洲都是直飞,也就没有什么旅途的疲惫。这一次去美国就不一样了,我坐联航的班机,先到东京,再转机去旧金山,然后还要转机去华盛顿,整个旅途有二十多小时,这一次我深深地感到了疲惫,而且是疲惫不堪。

我在东京转机的时候,差一点误了飞机。我心里只想着美国的时差,忘记了东京和北京还有一个小时的时差,当我找到登机口时,看到机票上的时间还有两个小时,就在东京机场里闲逛起来,一个小时以后才慢慢地走回登机口,这时看到一位日本的美联航职员站在那里一遍遍叫着"圣弗朗西斯科",我才想起来日本的时差，我是最后一个上飞机的。

九个小时的飞行之后，我来到了旧金山，为了防止转机去华盛顿时再发生时差方面的错误，我在飞机上就调整到了美国时间。当时我想起来很久以前读过王安忆的文章，她说从中国飞到美国，美国会倒贴给中国一个小时。我在手表上让美国倒贴了，指针往回拨了一小时。在旧金山经过了漫长的入境手续之后，又走了漫长的一段路程，顺利地找到了联航国内航班的登机口，我的经验是将登机牌握在手中，沿途见到一个联航的职员就向他们出示，他们就会给我明确的方向。

然后我坐在去华盛顿的飞机上，这时我感到疲惫了，当我看了一下机票上的时间后，一种痛苦在我心中升起，机票的时间显示我还要坐八个多小时的飞机，而且我的身旁还坐着一个美国大胖子，我三分之一的座位属于他了。我心想这一次的旅途真他妈的要命；我心想这美国大得有些过分了，从西海岸飞到东海岸还要八个多小时，再加一小时差不多是巴黎飞到北京了；我心想就是从哈尔滨飞到三亚也不需要这么长的时间。我在飞机上焦躁不安，并且悲观难受，有时候还怒气冲冲。四个多小时过去后，飞机驾驶员粗壮的英语通过广播一遍遍说出了华盛顿的地名，随后是空姐走过来要旅客摇起座椅靠背。我万分惊喜，同时又疑虑重重，心想难道机票上的时间写错了？这时候飞机下降了，确实来到了华盛顿。

在去饭店的车里，我问了前来接我的朋友后，才知道华盛顿和旧金山有三个小时的时差。这位在美国生活了十多年的朋友告诉我：美国内陆就有四个时区。第二天我们在华盛顿游玩，到国会山后，我说我要上一下厕所，结果我看到厕所墙上钟的时间和我的手表不一样，我吓了一跳，心想难道美国国会也有自己的时区？这一次是墙上的钟出了问题。美国的时差让我成为了惊弓之鸟。

五天以后，我将十二张飞机票放进口袋，开始在美国国内的旅行。此后每到一个城市，我都要问一下朋友："有没有时差？"

一九九九年六月三十日

耶路撒冷 & 特拉维夫笔记

二〇一〇年五月二日

耶路撒冷国际作家节的欢迎晚宴在 Mishkenot Sha'ananim 能够俯瞰旧城城垣的天台举行。佩雷斯步履缓慢地走过来，与我们挨个握手。这位中东地区的老牌政治家、以色列的前外长前总理现总统的手极其柔软，仿佛手里面没有骨头。我曾经和几位西方政治家握过手，他们的手都是一样地柔软。我没有和中国的政治家握过手，不由胡思乱想起来，觉得中国政治家的手可能充满了骨感，因为他们有着不容置疑的权威。

佩雷斯离去后，作家节的欢迎仪式也就结束了。我借助翻译和美国作家罗素·班克斯、保罗·奥斯特聊天，这两位都没有来过中国。罗素·班克斯说，他有个计划，死之前必须要做几件事，其中一件就是要来中国。我问他打算什么时候来，保罗·奥斯特在一旁大笑地替他回答："死去之前。"

二〇一〇年五月三日

作家们在导游陪同下游览耶路撒冷旧城,排程上写着:"参加者请携带舒适的步行鞋和一顶帽子,请衣着端庄。"

昨天国际作家节的新闻发布会上,来自欧美的作家们猛烈抨击内塔尼亚胡政府破坏中东和平。今天中午聚餐时,作家节主席乌里·德罗米高兴地说,虽然他本人并不完全赞同这些激烈言辞,可是因为国际作家都在猛烈批评以色列政府,以色列的媒体纷纷大篇幅地报道了今年的作家节,所以很多场次朗诵会的门票已被抢购一空。

下午从耶路撒冷驱车前往死海的路上,看到有供游客与其合影的骆驼,其中一头骆驼只喝可乐不喝水。没有喝到可乐,这头骆驼就会拒绝游客骑到身上。这是一头十分时尚的骆驼。

我和妻子躺在死海的水面纹丝不动,感觉身体像救生圈一样漂浮。我使出各种招数,想让自己沉下去,结果都是失败。我发现在死海里下沉如同登天一样困难。

二〇一〇年五月四日

今天的安排是"参观边线博物馆的现代艺术巡回展"。这家博物馆位于别具一格的边境线上，一边是现代的西耶路撒冷，一边是旧城。博物馆董事兼馆长 Rafi Etgar 先生有些失望，仍然热情地陪同了我们，详细解说。

一位埃及翻译家将一位以色列作家的书，从希伯来文翻译到阿拉伯文，在埃及出版后遭受了很多恐吓，甚至被起诉到法庭上。他偷偷来到作家节上，与那位以色列作家形影不离。为了保护他，作家节主办方和以色列媒体只字不提他的名字。他英雄般地出现在耶路撒冷，然后小偷般地溜回埃及。

这位埃及翻译家和那位以色列作家都是年近六十了，两个人见到我就会热情地挥手。我感到他们就像失散多年的兄弟在耶路撒冷重逢，他们确实也是第一次见面。中东地区的真正和平至今仍然遥遥无期，可是这两个人的亲密无间让我感到，文学在中东地区已经抵达了和平。

二〇一〇年五月五日

世界上每一座城市都隐藏着游客很难发现的复杂，而耶路撒冷的复杂却是游客可以感受到的。这座城市的地下讲述了《圣经》时代以来人们如何在刀光剑影里生生不息，它的地上则是散发着反差巨大的意识和生活。犹太人、阿拉伯人、德鲁兹人、切尔克斯人……形形色色，仿佛是不同时间里的人们，生活在相同的空间里。

所罗门在耶路撒冷建立第一圣殿，被巴比伦人摧毁；半个世纪后，犹太人在旧址上建立第二圣殿；罗马帝国将其夷为平地，残留一段犹太人视为圣地的哭墙。我看到一些年满十三岁的白帽白衣男孩们，在白衣白帽男人们簇拥下前往哭墙，取出《圣经》诵读一段，以示成年。男孩们神情按部就班，或许他们更愿意在家中玩游戏。

我在耶路撒冷的旧城走上了耶稣的苦路，在这里耶稣身背沉重的十字架走完生命最后的路程，然后被钉在十字架上。路上有女子们为他哭泣，他停下来，让她们不要为他哭泣，应该为自己和儿女哭泣。如今苦路两旁全是阿拉伯人和犹太人的小商铺，热情地招揽顾客。公元三十三年的苦路和今天的商路重叠到一起，我恍惚间看到耶稣身背十字架走在琳琅满目的商品里。

二〇一〇年五月六日

我去了极端正统派犹太人居住区，街道上全是黑帽黑衣黑裤白衬衫的男子。世俗犹太人称他们为企鹅。他们拒绝一切现代的资讯手段，通知或者新闻等等都是写在街道的黑板上，他们仿佛生活在一百年前。他们生活贫穷，可是礼帽却价值两千美元。他们潜心钻研教义，不会正眼去看女子；若有女子身穿吊带裙出现，将被驱逐。可是在特拉维夫，我看到酒店外街道上贴着很多妓女的名片，就像中国路面上的小广告。

在以色列，世俗犹太人和正统派犹太人的不同也会在恋爱里表现出来。我在夜深人静之时走入可以俯瞰耶路撒冷旧城城垣的公园，看到一对年轻男女在朦胧的草地上相拥接吻，他们是世俗犹太人；然后又看到一个企鹅装束的年轻正教派犹太人与一个年轻女子的恋爱，他们坐在路灯下清晰的椅子两端小声交谈，中间像是有一条无形的溪涧阻隔了他们。

二〇一〇年五月八日

我和妻子在特拉维夫的地中海里游泳。海水里和沙滩上挤满了游泳和晒太阳的犹太人，满眼的泳裤和比基尼。在以色列中学毕业都要服兵役，男生三年，女生两年。我在特拉维夫沙滩上，看到穿着游泳裤背着冲锋枪的男生和穿着比基尼背着冲锋枪的女生也在那里晒太阳。岸上的草地里全是穿长袍裹头巾的阿拉伯人在烧烤鸡肉牛肉羊肉，香气四溢。这情景令我觉得犹太人和阿拉伯人是可以和平相处的。地中海的日落情景壮观美丽，而二十公里之外就是巴以冲突不断的加沙地带。

特拉维夫有一家格鲁吉亚犹太人开设的酒吧，里面人声鼎沸，一面格鲁吉亚国旗从二楼扶梯悬挂下来。他们是苏联解体后与俄罗斯犹太人同时移民以色列。我想，格鲁吉亚犹太人和俄罗斯犹太人之间是否存在着萨卡什维利和梅德韦杰夫似的敌对？来自世界各地的移民会带去不同的文化风俗和意识形态，也会带去矛盾和冲突。

英格兰球迷

二〇〇二年韩日世界杯期间，我正在进行十分漫长的旅行：北京—香港—悉尼—墨尔本—布里斯班—香港—伦敦—都柏林—北京。

我要说说在都柏林的感受。

第一个是抵达的感受。从伦敦希思罗机场起飞，来到爱尔兰上空时，我乘坐的飞机缓缓下降，穿越了清晰可见的爱尔兰大地，重新来到了大西洋上空，然后飞机开始掉头，由于海水和阳光的相互反应，让我看见了爱尔兰在大海里展示出来的带弧光的美丽海岸线。飞机阶梯般地接近海水，大西洋的蓝色深不可测，巨大的宁静突然令我感动。

当我步出都柏林机场时阳光明媚，可是来接我的人却手持雨伞。驱车前往住所时，看到很多人都手持雨伞行走在阳光里。我还没有到达住所，天空瞬间阴沉了，大雨倾泻下来。接下来的日子里，我每天经历都柏林的晴转雨和雨转晴的生活，灿烂阳光和阴沉大雨不断互相传递接力棒。我想起了詹姆斯·乔伊斯作品中的描写，他这样写道：都柏林的天气就像婴儿的屁股一样没个准头，一会儿屎来了，一会儿尿来了（大意如此）。

第二个感受是我在都柏林遇到的传说中臭名昭著的英格兰球迷。我先说说一场比赛，我和一位翻译，还有几位爱尔兰作家在都柏林的酒吧里观看爱尔兰和西班牙十六强淘汰赛，著名的U2乐队就是从这家酒吧发迹的，这里的球迷比较文雅。由于爱尔兰在小组赛的出色表现，我的几位爱尔兰同行对他们球队的前景开始想入非非。结果是爱尔兰队出局，我的爱尔兰同行们十分泄气；他们的朋友，一位西班牙女士则是兴致勃勃。午餐时，那位西班牙女士手舞足蹈，滔滔不绝，嘴唇上一片繁忙景象，说出的话是她吃下的食物的几十倍。那几位爱尔兰作家始终礼貌地微笑，仿佛十分欣赏她的言词表演，其实未必。

英格兰在首轮淘汰赛轻松取胜，挺进八强。在都柏林度假的英格兰球迷身穿英格兰队服，欣喜地在大街上喊叫并且歌唱地跑来。我看见一个胖子背着另一个胖子跑来，后面跟着几个胖子。我走过几条街道以后，更加可爱的情景出现了，一群英格兰胖子背着胖子跑来了。被背着的胖子们神情轻松哇哇大叫，负重奔走的胖子们则是苟延残喘的模样。

这个印象是如此深刻，以至于我后来想到英格兰球迷时，便是一群奔走的胖子。同时也给予我错觉，似乎英格兰球迷都是十分肥壮。

我在都柏林的行程结束后，乘坐飞机前往伦敦，再转机返回北京。一群身穿英格兰队服的球迷和我一起登机。飞机在都柏林起飞前，英格兰和巴西的八强赛已经打响。飞机结束爬升，刚刚平飞，机舱服务开始时，机长通过机舱广播告诉乘客，英格兰一比零领先巴西，欧文的进球。机舱里爆发了一片欢呼声，身穿英格兰队服的球迷们纷纷离开座位，从裤袋里摸出钞票，买起了啤酒，然后互相干杯了。我从来没有经历过如此热闹的飞行，这群英格兰球迷把空中的飞机当成了地上的酒吧。机组人员出来制止，他们才想起自己正在万米高空，一个个回到座位上，面带好学生的笑容，安静地坐在了那里。

后来机长没有再报告比赛进程。我觉得应该是在降落伦敦的时候，英格兰输掉了比赛。我现在想，如果当时机长报告了比赛结果，那么我们的飞机在降落时有可能像醉汉一样摇摇晃晃。

英格兰球迷是这个世界上最为著名的"足球流氓"，有关他们纵火斗殴的报道常常见诸报端，而我印象中的英格兰球迷却是十分可爱。为何要将英格兰球迷首选为"世界足球流氓"？这可能是媒体的作用。在热爱足球的国家里，都有纵火斗殴的球迷。问题是世界媒体已经习惯在英格兰球迷身上找茬，从而让其他国家的"足球流氓"常常逍遥舆论之法外。

十多年前，我第一次去美国的时候，美国诺顿出版公司当时的董事长兰姆先生对我说：

"你知道什么是媒体吗？"

他坐在家中的沙发里，舒适地伸出食指，向我解释："比如你的手指被火烧伤，如果媒体报道了，就是真的；如果媒体没有报道，就是假的。"

二〇一〇年五月二十日

南非笔记

世界杯是一个世界剧场，三十二个国家的球员在此上演他们的力量和速度，战术和技巧，胜利和失败；三十二个国家的球迷在此上演他们的脂肪和啤酒，狂热和汗水，欢乐和伤心。在这个为期一月的世界剧场里，踢球的和看球的，不分演员和观众，每个人都是自己人生旅途中的明星。

想想那些蜂拥而至的球迷，有的腰缠万贯，有的囊中羞涩；有疯狂的，有害羞的；有争吵打架的，有谈情说爱的；有男女老少，有美丑俊陋……人类有史以来所有的演出，剧院的、街头的、屋里的、床上的、政府里的、议会里的、飞机上的、轮船里的、火车和汽车里、战争与和平里、政治和经济里……都会改头换面集中到这个世界剧场上。

可是随着赛事的推进，球迷就会逐渐离去，到了半决赛和决赛的时候，五彩缤纷的球迷逐渐趋向单一。这就是我为什么欣然挑选中间十天的理由，我可以感受到大规模的球迷的喜怒哀乐。在小组赛结束和十六强赛开始之时，想想约翰内斯堡或者开普敦的机场吧，伤心的球迷成群结队地进去，欢乐的球迷源源不断地出来。

我经历如此漫长的旅途，来到六月的南非，我想看到的不只是激进或者保守的比赛，我还想看到三十二面国旗如何在不同肤色、不同年龄和不同性别的脸上波动，看到不同风格的奇装异服……我还想听听不同语言的脏话，有可能还会学到一些。人就是这么奇怪，冠冕堂皇的语言学起来累死，可是脏话一学就会。

二〇一〇年六月十九日

今天我第一次在南非的土地上醒来，昨天是在南非的天空里醒来。

前天从北京飞往法兰克福的航班上，机长已经广播告诉我们，阿根廷四比一战胜韩国。到达法兰克福后，我给人短信，询问马拉多纳身穿什么服装出现在赛场，回答还是那套西装。看来马拉多纳西装革履的模样会持续到离开南非，不知道他什么时候离开？

六天前在电视里看到马拉多纳西装革履出现在赛场时，感觉太阳从西边出来了。这家伙留起胡子后总让我联想起宁波街头的犀利哥，当然是吃了过多烤肉的阿根廷犀利哥。我希望阿根廷进入决赛，因为我想看到马拉多纳向着草地俯冲的情景，尤其是身穿名贵西服的俯冲情景。贝利和贝肯鲍尔是不会做出这种有失身份的动作,这家伙一切皆有可能。

普拉蒂尼说马拉多纳是好球员不是好教练。马拉多纳是阿根廷球员的偶像,多年来一直生活在人们的恭维里,却很少恭维别人,除非是格瓦拉或卡斯特罗。现在他使劲恭维自己的球员,让他们心花怒放地去踢球。若能踢到第七场,他会把多年享受到的恭维全部奉献给球员。其他教练没有这个优势。

贝利说马拉多纳执教阿根廷只是为了挣点钱过日子。马拉多纳以前说过贝利为了钱什么事都愿意做。我上个月在马德里街头时,看到这两人在一幅巨大广告上亲热地玩桌式足球赛,旁边站着小字辈的齐达内。好像是路易·威登的广告。这两代球王分开挣钱时互相嘲讽,一起挣钱时看上去亲密无间。

在法兰克福登机前,看了法国队输给墨西哥队的比赛。昨天驱车前往太阳城时,在中途一个加油站看到德国队输了,晚上英格兰队迎来了第二场平局。非洲大陆正在持续散发出诡异的气息,他们自己的球队同样表现欠缺。

这里一天温差很大。我穿上带来的棉衣去太阳城,阿来没有带棉衣,倒是戴上一顶去年在瑞士登雪山时买的棉帽。我问他不冷吗,他指指自己头上的棉帽说不冷。中午在阳光下很热,我脱去棉衣,他反而戴上了棉帽,起到遮阳作用。这家伙也有些诡异,与非洲大陆的诡异十分和谐。

晚上,一条惊人的新闻迎接我:朝鲜队有四名球员逃跑。对此,朝鲜队姗姗来迟的回答倒是胸有成竹:让记者们在比赛时自己去清点人数。西方媒体经常无中生有和捕风捉影,这一点我早已了解,可是我仍然扪心自问:如果我是一个朝鲜国民,我会逃跑吗?我无法确定。我能够确定的是爱国主义是爱自己的祖国,不是去热爱一个人或者一小撮人。

二〇一〇年六月二十日

在南非我感受到什么叫广袤的大地,不是一望无际的平坦,而是不断起伏的扩展。葵林、仙人掌、灌木和树木成群结队地出现在视野里,有时它们又是孤独地形影相吊。金矿和煤矿相隔不远,焚烧野草的黑烟与火力发电的白烟在远处同时飘升……在变化多端的大地上,我感到最迷人的是向前延伸的道路,神秘又悲壮。

二〇一〇年六月二十一日

这两天长途跋涉。前天离开约翰内斯堡,经过七个多小时的奔波,来到了克鲁格国家野生动物园。其间绕道去参观两个景点,一个名叫"上帝的窗户",在悬崖上俯视一千米以下的宽广森林,有三个窗户(看台)隐藏在悬崖上面的树丛里。我怀疑上帝会从这里观察人类,因为这是一份不光彩的偷窥工作。另一个景点名叫"幸运的洞穴",地下水源源不断地从南非这个半干旱的国家里涌出来,那个地方景色不错,尤其是石头们带来的感觉。如果要求不是太高的话,应该说前天的旅行可以接受。其实在出发之前我就有了心理准备,不要对旅行社的安排有什么奢望,尤其是中国的旅行社安排的路线。

昨天一天都是在国家野生动物公园里。我们坐在每小时五十公里速度的汽车里,缓慢地在野生动物公园里前行。而且不能下车,以防几头雄狮从草丛里跳跃出来偷袭我们,虽然整整一天都没有见到狮子的影子,可是狮子扑向我们的阴影一直挥之不去。早晨刚刚进入公园时,我们全神贯注,感觉野兽们会成群结队地出现在我们面前,甚至簇拥着我们的汽车。我错误地把在北京动物园里的感受带到了这里,一小时左右的时间过去了,什么都没有看见,仍然信心十足,因为看到公路上留下很多野兽的粪便。最先出现的是羚羊,引起我们一阵激动。它们在这里有十四万多头,最容易被看见,它们屁股和尾巴上的黑毛组成一个"M",被称为狮子的麦当劳。然后一头金钱豹从我们的汽车前大模大样地横穿公路,导游连声说我们运气好,因为金钱豹是很难见到的。接下去分别是远远地看到了睡眠中的河马和缓慢移动的长颈鹿,深感满足。就是猴子的出现也会让我们喜出望外。只要前面有一辆汽车停下来，来往的汽车都会停下来，车里的人东张西望起来。我心想，如果有一辆汽车在这里抛锚，所有的汽车可能都会拥挤到这里，以为是野生动物大迁徙的壮观情景出现了。下午返回的途中见到一群大象穿过公路的情景，可能是这一天里最好的时刻。另外一个情景也不错，有人将车停在路边，抽着香烟在车旁漫步了，他们知道不会有什么野兽的敌情了。

我有这样的感受：在北京动物园里看到动物，好比是看世界杯的射门集锦；在克鲁格看动物，好比是看一场虽然沉闷可是有进球的世界杯小组赛。

二〇一〇年六月二十二日

朝鲜队在中国的媒体上大起大落，先是嘲笑，后是尊敬，现在又是嘲笑。没有变化的是中国媒体始终将他们描述成一支饥饿的队伍，变化的只是饥饿的词义。当他们顽强抵抗强大的巴西队后，饥饿成为褒义词。

六天前麦孔进球后亢奋激动的情景，已经代表巴西队向朝鲜队表达了尊重。巴西队在历届世界杯第一场小组赛上的进球，好像没有这么激动过。那一天朝鲜队成为中国媒体的宠儿，尽管仍然是大篇幅地报道朝鲜队员的贫穷，可是语义变了。我们总是以自己的腐败去嘲笑人家的贫穷，六天前我第一次看到腐败向贫穷致敬了。

今天朝鲜队零比七败给葡萄牙队之后，我们的媒体继续讲述朝鲜的贫穷，当然饥饿的词义回到了贬义。我们的报道说朝鲜队被打回原形，其实是我们媒体将自己打回了原形。

我想起十年前在首尔，我向韩国作家李文求讲述中国的"文革"往事。李文求坚定地回答："我们朝鲜民族不会这样。"然后询问崔元植教授关于南北统一，崔元植同样坚定地说："我们朝鲜民族面临的最大危机不是南北分裂，而是在四个大国的夹缝中生存。中国、俄罗斯、日本和太平洋对岸的美国。"

二〇一〇年六月二十三日

在勒斯滕堡观看小组第三轮第一场比赛，乌拉圭对阵墨西哥。这两队只要打平就可以携手晋级，可是激烈的对攻像是一场生死战，因为失败者会在淘汰赛时面对强大的阿根廷，两队都使劲要把对方送向阿根廷的虎口。胜利的意义变得复杂起来。

法国队在人们意料之中出局。自从阿内尔卡辱骂主帅多梅内克被曝光后，全世界的媒体对法国队的兴趣已经离开了比赛，集中到内讧上面。其实每支球队里面都有矛盾，都有球员和教练之间的粗口，球员之间的对骂，现在乘风破浪的巴西和阿根廷也不会例外。关键还是胜负，失败会让矛盾放大，胜利会让矛盾视而不见。

很多年前读西蒙·波伏娃日记，知道青年萨特服兵役期间就在德法边境的哨所，他们经常留下一个士兵在哨所打呵欠，其他士兵溜到附近小镇里喝酒泡妞。到了周末，哨所干脆空空荡荡。一九九八年的法国队会让人联想起拿破仑时期的法国兵，现在南非世界杯上的这支法国队有点像萨特服兵役时期的法国兵。

二〇一〇年六月二十四日

小组赛第一轮是沉闷，第二轮是意外，第三轮是悬念。一九八二年以来，我看到的世界杯小组第三轮常常是不少强队的休闲时刻，本届世界杯小组第三轮却是多数强队的生死时刻。高潮提前出现了，接下去决赛级别的比赛从八分之一淘汰赛就开始，直到四分之一、半决赛和决赛。这可能是世界杯历史上最为持久的高潮。

美国队补时阶段进球，好莱坞式地跃居小组第一；加纳队拼死拼活仍然输了，却在淘汰赛绕开强敌。德国队和英格兰队在庆幸自己晋级之时，也会感叹命运的不可知。意大利、西班牙、葡萄牙等队生死未卜。充满戏剧性的南非世界杯也许是对经验主义的挖苦。一位古希腊人说得好：命运的看法总是比我们更准确。

二〇一〇年六月二十五日

昨天在埃利斯公园球场，我看见意大利球员在场上互相指责，也看见斯洛伐克两名球员在场上差点打架。这是足球比赛的一部分。不同的是，失败的意大利球员可能会将指责带进更衣室，胜利的斯洛伐克球员不会。斯洛伐克球员手把手激动地向着草地俯冲过来。对于他们来说，进入十六强的喜悦就是捧起大力神杯的喜悦。

二〇一〇年六月二十六日

索韦托是南非种族隔离制度的标识，超过一百万黑人被驱赶到这里，无电无水拥挤在狭窄屋子里，出门需要通行证和进城证。如今的索韦托有电有水，也有宽敞的道路，可是昔日的苦难还在显现。当年黑人带来很多装满衣物的纸盒堆在家中，很多人没有打开纸盒，期待有一天可以回家。这些人直到死去仍然没有回家。

一九九四年曼德拉当选总统，宣告种族主义在南非结束。为了表达宽恕与和解，曼德拉邀请他坐牢时的白人看守出席就职典礼。那一天南非仿佛沉浸在美梦之中，有人对妻子说："亲爱的，不要叫醒我，我喜欢这个梦。"十多年前，曼德拉和图图他们做到了宽恕与和解，很多人没有做到，仇恨的种子仍然在南非发芽生长。

图图在《没有宽恕就没有未来》的中文版序言里对中国读者说："我对把过去扫入角落视而不见的做法是否合适表示怀疑。过去的从来就没有过去。它们有种怪异的力量，能够重现并长久萦绕在我们心头……中国如果能够妥善处理往昔的痛苦，就会成为一个更加伟大的国家。"

二〇一〇年六月二十七日

男球迷和女球迷有所不同，男球迷关心比赛，女球迷关心比赛的同时另有所图。在约翰内斯堡的腾讯记者驻地说两句某个帅哥球星的坏话，立刻会有女记者虎视眈眈或可怜巴巴地盯着你。某女记者采访某位帅哥球星时意外获得了两次贴面亲吻，回来后喜不自禁地讲述美好的贴面，立刻引起其他女记者羡慕的尖叫声，男记者则是不屑地说："他是憋坏了。"

二〇一〇年六月二十八日

我在南非继续感受着道路的命运。当它经过一段森林时,道路在幽静的景色里变得平淡无奇;经过一个人烟稠密的小镇时,道路显得庸俗不堪。只有在广袤的大地上,道路才拥有自己的命运。我看到久违了的木头电线杆在夜色里像是两排道路的卫兵;前面陡峭路上出现一排整齐的车灯时,道路就像电梯一样缓缓上升。

二〇一〇年六月二十九日

世界杯期间,人们对鸣鸣祖拉的出现喋喋不休。非洲人弄出如此壮观的助威工具,他们的腮帮子功夫同样壮观,周而复始地吹响着。让人觉得这届世界杯是在养蜂场里进行,看台像是密密麻麻的蜂巢。很多年以后,很多人会忘记南非世界杯的冠军是谁,可是会记得鸣鸣祖拉。这就是人类,关心野史总是超过关心正史。

二〇一〇年六月三十日

南非世界杯期间难忘的经历就是在路上。球迷乘坐的巴士停在很远处，进赛场要走一小时，出赛场再走一小时。而且道路尚未竣工，我时常走在黄土里，一双灰鞋变成了黄鞋。与几万各国球迷同行，在奇装异服和呜呜祖拉的响声里其乐无穷。赛事愈来愈精彩，球迷愈来愈兴奋。南非值得赞赏，举办世界杯没有打肿脸充胖子。

勒斯滕堡和比勒陀利亚的球场扩建后仍然显得简陋，似乎过去是水泥阶梯的座位，为了世界杯临时安装上了塑料座位。约翰内斯堡的埃利斯球场也是如此。没有关系。人们千里迢迢来到这里是为了观看真正的比赛和南非原有的景色，而不是装修后的南非景色。

六月十一日南非世界杯开幕式简单节约热情奔放，似乎可以看到GDP总量和人均年收入的平均。北京奥运会开幕式富丽堂皇奢华无比，只代表中国迅速崛起的GDP总量，不代表仍然落后的人均年收入。

二〇一〇年七月一日

每逢世界杯，中国人就开始为外国人摇旗呐喊，为了各自支持的球队在网上唇枪舌剑甚至破口对骂。我在南非时，外国球迷都将我当成日本或韩国或朝鲜人，知道我是中国人十分惊讶，因为中国队没去南非。西方媒体这些年来总是担心中国民族主义情绪的高速膨胀，他们不知道我们有时候没有民族主义情绪，比如世界杯期间。

二〇一〇年七月三日

巴西队昨夜出局，中国的网络上开始指责是假球，说主帅邓加收了黑钱。好在巴西球队昨夜输给了荷兰队，如果是输给了朝鲜队，我们的网上会说巴西这个国家都是假的。腐败的环境让中国球迷练就了强大的反腐决心，只在中国境内反腐不解恨，跨国反腐才过瘾。

从一九八二年开始看世界杯，每届巴西队的提前出局都让很多中国球迷难受。看看巴西球员胸前的五星徽章，足以说明巴西队的强大持之以恒。如果他们胸前的徽章已经被更多的星环绕，足球可能会失去魅力。所以，巴西队对世界足球的最大贡献不是在世界杯上赢球，而是输球。这样我们才知道足球和乒乓球的区别。

二〇一〇年七月四日

有人说苏亚雷斯双手托出必进之球是不道德的。我想换成加纳的球员，换成另外三十国的球员也会这么做。那一瞬间只有求生的本能反应，其他什么都没有。如果球员们在赛场上满脑子想着道德奔跑，再想着伟大的祖国和背后有多少人民的支持，还有父母……这就不是世界杯足球赛了，这是央视《新闻联播》的派头。

乌拉圭队在精彩跌宕的比赛里最终点球战胜加纳队。我想起曾经有中国记者问瑞典学院的一位院士："冰岛不到三十万人口，就有人获得诺贝尔奖；中国有十三亿人口，为何没人获诺奖？"这样的比较很幽默，好比有人问布拉特："乌拉圭只有三百万人口，可是他们的足球运动为何强于十三亿人口的中国？"

二〇一〇年七月五日

二十八年来首次看到德国人用意大利人防守反击的方式，大比分干掉英格兰人和阿根廷人。提前回家的意大利人可能会甘拜下风。中国的俗话说：青出于蓝而胜于蓝。许三观说："屌毛出得比眉毛晚，长得却比眉毛长。"至于马拉多纳酋长，他不会为我们表演西装革履的俯冲了。巴西和阿根廷都走了，南非世界杯也快结束了。

巴西出局，阿根廷球迷幸灾乐祸；阿根廷出局，巴西球迷兴高采烈。看到对手身上的伤口会暂时忘了自己的疼痛。贝利和马拉多纳的对立，就是这两国球迷的对立。这时候很多中国球迷正在为他们的共同出局难过，别人的伤口却是自己在疼痛。究其原因，可能是自己的足球一无所有，现在连伤口和疼痛也没有了。

冯小刚说中国电影像中国足球；以前有人说中国文学像中国足球；股市低迷时有人说中国股市像中国足球……其实中国足球这些年给我们带来很多欢乐，拿它作比喻来发泄愤怒和不满很安全，既不会犯政治错误也不会犯经济错误。

二〇一〇年七月九日

神奇的章鱼保罗准确地预测了所有比赛的结果，中国人爱称其"章鱼哥"，尊称其"章鱼帝"。章鱼种类多达六百五十种。最为神奇的是雌雄紫毯章鱼体积之差，雌章鱼的体重是雄章鱼的四万倍，雄的只有雌的眼珠那么大。它们的相爱可谓是惊世骇俗。如果将"爱情的力量"用在紫毯章鱼这里，人类再用此话可能会不好意思。

二〇一〇年七月十一日

约翰内斯堡国际机场的免税店里插满了呜呜祖拉,每支售价一百元人民币左右。不少欧洲球迷登机前买上七八支,背在身后像是缴获的枪支。我回国时也买了一支背回北京。今天才知道这中国制造的出口价只有两元六角人民币,而且这可怜的价格里还包含了环境污染等等。一位我尊敬的长者几年前说过:中国是付出一百元去换来十元的GDP。

埃及笔记

二〇一一年一月二十五日抵达开罗，二十九日离开，经历了埃及动荡。

起初员警封锁道路，示威游行被分隔开来，如同游击队似的出现。我们见到的示威者只有几十人或者上百人，就是示威中心的解放广场也只有几千人，可是局面仍然失控了，然后实施宵禁。我们从卢克索飞回开罗时已是夜晚，只好在机场冰凉坚硬的地上睡了一宵。这个经验告诉我，宵禁比戒严还要缺德。

埃及员警十分腐败，花钱可以买通。我走在开罗街上，有员警向我要香烟，我递过去一支，他却拿走我一盒。为何抗议者首先焚烧法院大楼？因为司法腐败是一个国家腐败的标志。

在埃及旅行时，随处可见穆巴拉克的雕像和画像，也随处可见示威者燃烧警车的滚滚黑烟。

二十九日我们前往机场回国时，我觉得是在和穆巴拉克比赛谁先离开埃及，可是这位执政三十年的总统要和突尼斯的本·阿里比赛谁晚离开祖国。

　　一位名叫萨伊德的无辜者被员警活活打死是示威游行的起因之一，示威者有句响亮的口号："我们都是萨伊德！"

迈阿密 & 达拉斯笔记

二〇一一年五月三十一日

北京—芝加哥—迈阿密，漫长的飞行。入住迈阿密的酒店时已是凌晨两点，NBA总决赛将在十多个小时后开战。离开北京前，一位对篮球毫无兴趣的朋友知道我要长途跋涉到美国观看总决赛，十分惊讶地说："你还亲自去？跑那么远的路就是为了看篮球比赛，真是愚蠢。"我承认："我是愚蠢，但是还没有愚蠢到请别人代表我去看。"

记得二〇〇四年三月，我在亚特兰大的旅馆里看电视直播火箭和老鹰的常规赛，打了三个加时，弗朗西斯被罚下，姚明在包夹下投中制胜一球。当时火箭并非强队，赛后范甘迪仍然不满，说对老鹰这样的弱队还要打加时。如今火箭老鹰面目全非，所以不用看自己，看别人命运沉浮也知岁月沧桑。

二〇一一年六月一日

在北京家中看 NBA 总决赛时，耳边只有孙正平和张卫平的声音；到美国现场看球时，耳边有近两万人的喊叫声。为什么现场比电视直播精彩？原因当然很多，其中有一个很重要，就是话语权。电视直播只有两个话语权，现场有两万个话语权。

公牛在四天前倒下了，热火继续燃烧。这个系列赛令人窒息得仿佛一个赛季般地漫长，又令人亢奋得恍如一个暂停般地短促。公牛最后接管比赛的人没有热火多。本赛季东部决赛告诉我们什么叫民主集中制：团队篮球叫民主，球星接管比赛叫集中制。

二〇一一年六月二日

迈阿密的海水在阳光下层次分明，远处是神秘的黑色，近处是亲切的绿色，冲向沙滩的是白色浪涛。也许是熊熊火焰让我们觉得红色是热烈的颜色，而冬天的积雪又让我们觉得白色是冷静的颜色。可是看看热情奔放的浪涛，这是大海永不停息的脉搏，就会感到白色同样热烈。所以我在岸上看到的是白色火焰冲上来了。

二〇一一年六月三日

在北京从电视里看到热火队胜局已定时满场白色飘扬，我以为是白手巾，到迈阿密才知道那是椅套。总决赛第一场最后三分多钟，球迷互相抛掷椅套，随着胜利来到，全部的椅套起飞了。今天第二场最后七分多钟椅套就开始飘起，随着小牛将比分追平并胜出，椅套也在安静下来。椅套虽然卑微，却是胜利和失败的象征。

浏览体育新闻，读到诺维茨基在达拉斯以外的美国其他地区并不知名，与科比和詹姆斯相差很远，就是和队友基德相比也是望尘莫及。这就是美国佬。如果诺维茨基不是德国人而是美国人，肯定会在美国闻名遐迩。几年前我的朋友，一位丹麦教授去美国，入境时边境官看着她的护照疑惑地问："丹麦是美国哪个州？"

昨天，沙奎尔·奥尼尔宣布退役。这家伙暴力扣篮曾把篮球架拉塌下来，他吵架很多绯闻不少，他唱歌跳舞，还去参加拳击比赛，他有数不清的绰号，毛病也数不清，可是这个劣迹斑斑的家伙给人们带来了快乐。这世上还有另外一种人，没有什么毛病，可是从来未给人们带来快乐。

我觉得和没什么毛病的人交往是一件可怕的事情。

二〇一一年六月五日

迈阿密周末的沙滩上，男男女女像倒下的多米诺骨牌躺在那里，看上去形形色色；很多家庭在波浪里度假，他们的喊叫是聊天；远处的男人在玩风筝冲浪，近处的姑娘站在海水里放风筝，大型的充气风筝和小小的蝴蝶形风筝在天空里飘移；直升机与广告飞机来回盘旋，出现在白云深处的可能是国际航班……这时候我突然想家了。

二〇一一年六月六日

今天来到达拉斯，火一样的气候和火一样的球迷。赛前球迷在球馆外纷纷上演个人秀，一具木乃伊似的纸板詹姆斯被他们充分凌辱后，又用皮鞋球鞋拖鞋轮番揍其脑袋。仿佛战争爆发了。小牛输掉比赛后，达拉斯的球迷收敛狂热，彬彬有礼走出球馆。身穿诺维茨基球衣和身穿詹姆斯球衣的朋友亲密走去，他们的背影说：这不是战争，这是体育。

比赛最后时刻，查尔莫斯进攻失误，詹姆斯上去批评查尔莫斯；接着韦德又和詹姆斯争执起来……我想到一个词："朋友"。赢得比赛后，詹姆斯、韦德和波什留在场上接受采访，詹姆斯结束后走到韦德身后等待，韦德结束后两人一起等待波什，然后三人走向更衣室……我想到的还是一个词："朋友"。

二〇一一年六月七日

达拉斯干燥炎热的第三天，箱子里的衣服仍然散发迈阿密的潮湿。我希望返回迈阿密，希望总决赛进入第七场，这个信念让我感到小牛将赢得第四场，这样我们可以回到迈阿密。可是看到ESPN五位专家中有四位预测小牛今晚取胜，我开始忐忑不安，但愿专家偶尔说对了。什么是专家？我们的网友回答："砖家。"伊壁鸠鲁回答："人没有什么是自己固有的，除了自以为是。"

二〇一一年六月八日

达拉斯美航中心是蓝色的。比赛开始前，摄像镜头寻找的是还没有穿上蓝色T恤的球迷，这些球迷发现自己出现在大荧幕上，个个兴高采烈并且心领神会地穿上T恤，迈阿密美航中心是白色的。热火胜利时，迈阿密的庆祝是增加白色（抛掷白色椅套）。小牛胜利时，达拉斯的庆祝是两万球迷高举双臂，蓝色突然减少了。

二〇一一年六月十一日

今天返回迈阿密。达拉斯疯狂的球迷堪称"热火"，相比之下迈阿密的球迷只是热情的"小牛"。新闻全是对詹姆斯的攻击。二〇〇六年小牛先赢后输，诺维茨基遭遇同样的攻击。这就是人生，受关注和受攻击总是成正比。巴克利又下赌注：若小牛输了他穿上泳装站在沙滩上做采访。巴克利如此庞大的身躯如果穿上泳装的话，我肯定会想到《功夫熊猫3》。

昨晚的达拉斯美航中心，达拉斯球迷高举詹姆斯哭泣的图片。他们将五花八门的羞辱集中到詹姆斯这里，他们没有忘记这家伙是怎么对付凯尔特人和公牛的。詹姆斯赛前表决心"要么现在，要么永远别拿"，赛后成为了笑柄。

二〇一一年六月十四日

在炎热的达拉斯和湿热的迈阿密之后，来到了凉爽的芝加哥。气温和心情如此吻合，经历总决赛的热情奔放之后，现在安静了。

这一段生活已经结束,另外一段完全不同的生活即将开始。漫长的人生为何令人感到短暂?也许是美好的生活都是一个一个的小段落。记得第一次步入迈阿密美航中心时,我们中间有人说:"我羡慕我。"

纽约笔记

二〇一一年十月三十一日

今天去纽约现代艺术博物馆，从五楼莫奈、毕加索他们的杰作看到三楼墙上弄些纸挂着的艺术。艺术愈来愈随便了。我想起小时候的情景，为了不看到屋顶的瓦片，父亲用旧报纸糊屋顶。我一直以为父亲是医生，今天知道他也是艺术家……记得有朋友说过，他给一百个学生上课叫上课，给一百张椅子上课叫行为艺术。

二〇一一年十一月二日

与艾米丽吃晚饭，她曾经是《华尔街日报》驻京记者，我认识她的时候她是《纽约时报》评论版的编辑，那时候她编辑过我的文章。后来她去了华盛顿的国务院,这次纽约相遇时她又更换了工作。我们谈到我刚出版的英文版新书,她说一家杂志社请她写书评,但是知道她和我是熟悉的朋友后立刻要求她别写了。我问为什么?她说那家杂志社担心会有腐败。我笑了,我说美国人如此反腐,美国的腐败仍然杂草丛生。

二〇一一年十一月四日

美国大学的经费主要来自社会捐赠。我在纽约大学听到一个真实故事:一位捐赠者赤脚,走进校长办公室,校长看到捐赠者赤脚,第一反应就是脱去自己的鞋袜,也赤脚了。两个赤脚者坐在一起认真对话。然后捐赠者开支票,校长歪着脑袋偷偷看到捐赠者在一的后面写了一个又一个零,他向纽约大学捐赠一亿美元。

我将这个故事告诉一位朋友,这位朋友说:"赤脚的不捐穿鞋的。"

二〇一一年十一月二十七日

我八日离开纽约,先去了美国的西海岸,又去了北部,再到最南端的迈阿密,转了一大圈以后,今天回到纽约,住进纽约大学提供的宽敞公寓，可是暂时不能上网。我每天背着迈阿密书展给的花哨袋子，里面放着电脑，走二十米路去纽约大学图书馆上网。有朋友说是纽约最丑陋的袋子，另有朋友反对，说应该是纽约第二丑陋，还有朋友说："这里是纽约。你背着最漂亮的包，没人会说漂亮；你背着最丑陋的包，也没人觉得丑陋。"

在迈阿密的时候，与我英国出版社老板迈耶尔先生喝上一杯，这位七十五岁的老头说话滔滔不绝，可能是他说得太多了，我回到自己住的酒店后只想起他的一句话，他说："这个世界到处都是恐怖分子，有些是拿着炸弹的，有些是拿着意识形态的。"

二〇一一年十二月二日

在纽约过了感恩节，朋友带我去第五大道和麦迪逊大道的名牌店转转，看到成群结队的中国游客，每家奢侈品商店都有讲中文的导购。蒂芙尼的一位导购说中国人有钱，如果没有中国人，这些奢侈品商店都会倒闭。我心想：少数中国人挣钱太容易，不知道钱是怎么挣来的；多数中国人挣钱太难，不知道怎么可以挣到钱。

二〇一一年十二月三日

我在美国出版了第一本非小说类文集,关于当代中国。我出国前收到兰登书屋快递的精装本样书,其尺寸厚度和平装本差不多,我当时有些吃惊,不像正常精装本那样大而厚。来到美国后读到评论说关于中国的书都是又大又厚,都是资料和理论;而这本小巧的书令人亲切,又充满故事。然后我感叹兰登书屋编辑用心良苦。

今天和我美国的编辑芦安吃午饭,一位朋友给我们翻译。我们先要了一瓶水,一边喝水一边交谈。侍者上菜后转身时打翻了那瓶水,弄湿了我挂在一把空椅子上的外衣。领班过来连声道歉,拿着白色餐巾请我自己擦干,同时解释如果他们替我擦干的话,我可能会指控他们弄坏了我的衣服。我想起国内有老人在街上跌倒后没有人敢去扶起来的情景。

芦安告诉我,在美国一年只出版两万多种图书。十多年前我第一次来美国时,美国每年出版十二万种图书,中国是十万种。此后几年中国出版数量迅速超过美国,今年达到三十万种以上。金融危机后美国自动削减出版数量,现在一年只有两万多种,而中国的出版数量仍然每年递增。中国这种没有节制的发展,让我想起一句什么人说过的话:知道自己无知不是完全的无知,完全的无知是不知道自己无知的无知。

我的书游荡世界的经历

为了这个题目，我统计了迄今为止在中国和中文以外的出版情况（不包括中国的少数民族语言和盲文），有四十九种语言和五十一个国家。国家比语种多的原因主要是英语，北美（美国和加拿大）、英国、澳大利亚和新西兰，葡萄牙语有巴西和葡萄牙，阿拉伯语分别在埃及、科威特和沙特出版；也有相反的情况，西班牙出版了两种语言，西班牙语和加泰罗尼亚语；土耳其出版了两种语言，土耳其语和库尔德语；印度出版了三种地方语，马拉雅拉姆语、泰米尔语和印地语。

回顾自己的书游荡世界的经历，就是翻译—出版—读者的经历。我注意到国内讨论中国文学在世界上的境遇时经常只是强调翻译的重要性，翻译当然重要，可是出版社不出版，再好的译文也只能锁在抽屉里，这是过去，现在是存在硬盘里；然后是读者了，出版后读者不理睬，出版社就赔钱了，就不愿意继续出版中国的文学作品。所以翻译—出版—读者是三位一体，缺一不可。

最早翻译出版我小说的有三个国家，都是在一九九四年，法国、荷兰和希腊。二十三年过去后，法国出版了十一本书，荷兰出版了四本书，希腊仍然只有一本书。

一九九四年，法国的两家出版社出版了《活着》和中篇小说集《世事如烟》，出版《活着》的是法国最大的出版社，出版《世事如烟》的很小，差不多是家庭出版社。一九九五年我去法国参加圣马洛国际文学节时，顺便在巴黎访问了那家最大的出版社，见到了那位编辑。当时我正在写《许三观卖血记》，问他是否愿意出版我的下一部小说，这位编辑用奇怪的表情问我："你的下部小说会改编成电影吗？"我知道自己在这家出版社完蛋了。我又去问那个家庭出版社是否愿意出版我的下一部小说，他们的回答很谦虚，说他们是很小的出版社，还要出版其他作家的书，不能这么照顾我。当时我觉得自己在法国完蛋了。这时候运气来了，法国声望很高的出版社 Actes Sud 设立了中国文学丛书，邀请巴黎东方语言文化学院的汉学教授何碧玉担任主编，她熟悉我的作品，《许三观卖血记》在中国的《收获》杂志刚发表，她立刻让 Actes Sud 买下版权，一年多后就出版了。此后 Actes Sud 一本接着一本出版我的书，我在法国终于找到了自己的出版社。

荷兰 De Geus 在一九九四年出版了《活着》之后，又出版了《许三观卖血记》《兄弟》和《第七天》。有趣的是，二十三年来我和 De Geus 没有任何联系，我不知道编辑是谁，也不知道译者是谁，可能是中间隔着经纪公司的缘故。我认真想了一下，我认识并且熟悉的荷兰汉学家只有林恪，可是这家伙不翻译我的书。去年七月在中国的长春见到林恪时，他希望我下次去欧洲时顺道访问荷兰，我们约定了今年九月的这个行程。我向林恪打听我的荷兰语译者，他微笑地说出了一个名字——麦约翰。林恪告诉我，麦约翰是比利时人，说荷兰语，住在法国。我觉得这个人太有意思了。今年四月，De Geus 请麦约翰编辑我的一部短篇小说集，我收到了麦约翰的第一封邮件，他对我说的第一句话是："您不认识我。把您的《兄弟》和《第七天》翻译成荷兰语的就是我。"这就是他全部的自我介绍。

希腊的出版故事也许更有趣。十多年前，希腊的 Hestia 决定出版《活着》，他们与我签了合同，找好了译者，这时候 Hestia 突然发现，另一家出版社 Livani 在一九九四年就出版了《活着》的希腊文。我不知道这个情况，甚至不知道是谁把版权卖给了 Livani。Hestia 退出了，Livani 给我寄来了几本样书，此后这两家出版社忘记了我，我也忘记了他们。为了写这篇文章，我查了资料才想起这两家出版社。

遇到好的译者很重要，意大利的米塔和裴尼柯，德国的高立希，美国的安道和白睿文，日本的饭冢容，韩国的白元淡等，都是先把我的书译完了再去寻找出版社，我现在的英文译者白亚仁当年就是通过安道的介绍给我写信，翻译了我的一个短篇小说集，结果十年后才出版。像白亚仁这样热衷翻译又不在意何时才能出版的译者并不多，因为好的译者已经是或者很快就是著名翻译家了，他们有的会翻译很多作家的书，这些著名翻译家通常是不见兔子不撒鹰，拿到出版社的合同后才会去翻译，所以找到适合自己的出版社更加重要。我在法国前后有过四位译者，出版社一直是 Actes Sud，在美国也有过四位译者，出版社也一直是兰登书屋，固定的出版社可以让作家的书持续出版。

《活着》（译者白睿文）和《许三观卖血记》（译者安道）九十年代就翻译成了英语，可是在美国的出版社那里不断碰壁，有一位编辑还给我写了信，他问我："为什么你小说中的人物只承担家庭的责任，而不去承担社会的责任？"我意识到这是历史和文化的差异，给他写了回信，告诉他中国拥有超过三千年的国家的历史，漫长的封建制抹杀了社会中的个人性，个人在社会生活中没有发言权，只有在家庭生活里才有发言权。我告诉他这两本书在时间上只是写到七十年代末，九十年代以后这一切都变了，我试图说服他，没有成功。然后继续在美国的出版社碰壁，直到二〇〇二年遇到我现在的编辑芦安，她帮助我在兰登书屋站稳了脚跟。

找到适合自己出版社的根本原因是找到一位欣赏自己作品的编辑，德国最初出版我的书的是 Klett-Cotta，九十年代末出版了《活着》和《许三观卖血记》之后他们不再出版我的书，几年后我才知道原因，我的编辑托马斯去世了。我后来的书都去了 S.Fischer，因为那里有一位叫库布斯基的好编辑,每次我到德国,无论多远,她都会坐上火车来看望我,经常是傍晚到达,第二天凌晨天没亮又坐上火车返回法兰克福。

二〇一〇年我去西班牙宣传自己的新书,在巴塞罗那见到我的编辑埃莲娜,晚饭时我把一九九五年与法国那家最大出版社编辑的对话当成笑话告诉她,结果她捂住嘴瞪圆眼睛,她的眼神里似乎有一丝惊恐,她难以相信世界上还有这样的编辑。那一刻我确定了 Seix Barral 是我西班牙语的出版社,虽然当时他们只出版了我两本书。

下面我要说说和读者的交流了,我经常遇到这样的问题:中国读者和外国读者的提问有什么区别?这个问题在外国会遇到,在中国也会遇到。然后一个误解产生了,认为我在国外经常会遇到社会和政治方面的提问,而在国内不会遇到。其实国内读者提问时关于社会和政治的问题不比国外读者少。文学是包罗万象的,当我们在文学作品里读到有三个人正在走过来,有一个人正在走过去时已经涉及到了数学,三加一等于四;当我们读到糖在热水里溶化时已经涉及到了化学;当我们读到树叶掉落下来时已经涉及到了物理。文学连数理化都不能回避,又怎能去回避社会和政治。但是文学归根结底还是文学,无论是在中国还是在外国,读者最为关心的仍然是人物、命运、故事等这些属于文学的因素。只要是谈论小说本身,我觉得国外读者和国内读者的提问没有什么区别，存在的区别也只是这个读者和那个读者的区别。当我们中国读者阅读外国文学作品时，吸引我们的是什么？很简单，就是文学。我曾经说过，假如文学里真的存在神秘的力量，那就是让读者在不同时代、不同民族、不同文化、不同历史的作家的作品中读到属于自己的感受。

在和国外读者交流时常常会出现轻松的话题，比如会问在中国举办这样的活动和在国外举办有什么不同？我告诉他们，中国人口众多，中途退场的人也比国外来的全部的人要多。还有一个问题我会经常遇到，与读者见面印象最深的是哪次？我说是一九九五年第一次出国去法国，在圣马洛国际文学节的一个临时搭起的大帐篷里签名售书，坐在一堆自己的法文版书后面，看着法国读者走过去走过来，其中有人拿起我的书看看放下走了。左等右等终于来了两个法国小男孩，他们手里拿着一张白纸，通过翻译告诉我，他们没有见过中国字，问我是不是可以给他们写两个中国字。这是我第一次在国外签名，当然我没有写自己的名字，我写下了"中国"。

修改于二〇二三年十二月二十一日

每一天迷人的黎明都以爱为开端
——写给儿子的信

亲爱的儿子：

你好！节日快乐！！快乐无边！！！

每年的六月一日，是全世界孩子们的节日。这一天孩子们为大，是这一日的主人。儿子，在这一日，你要为自己造一间快乐的水晶屋，将一切烦恼拒之门外。你要知道这种一尘不染的快乐，只有孩子才拥有，那是上帝特别给孩子的恩惠，但它不是永远的礼物，随着长大成人它会消失在风中。所以你一定要珍惜，你要专注地快乐，狠狠地快乐，快乐得把自己抛到白云上面。

天下所有的父母都一样，都因自己的儿女而幸福，而我们认为我们是世界上最幸福的父母。从出生到现在，你给我们带来了太多的欢乐和感动，太多的美好记忆和不一样的生活形态。你使爸爸和妈妈的人生更为丰富和饱满，也使我们的家庭完美起来，并且坚不可摧。无论是远处的诱惑，还是近处的美丽，都无法波及我们。因为我们有你。你在哪里，我们的家就在哪里，我们的爱就在哪里。你不仅是我们的小开心果，也是我们的方向和目标。你还是我们的核心，我们的幸福之根，欢乐之源。

说起来惭愧，你带给我们那么多幸福，我们却没有好好地对你说声谢谢。在平时的生活中，总是你在用脆生生的嗓音说谢谢爸爸、谢谢妈妈，其实我们也要谢谢你，谢谢你带给我们的一切，谢谢你在我们身边的时时刻刻。

也许上帝知道我们有多么爱你，可是上帝也无法言说。尽管有时我们狠狠地批评你，重重地指责你，但那都是源于对你的爱。即使因为种种原因，在教育你时情绪失控，态度不够冷静，方法不够恰当，你也不要怀疑我们的爱。我们有做得不好的地方，你一定要说出来，我们会认真对待，尽量改正。总之千万不要把它变成怨恨积在心里，最后越积越厚会变成一堵墙，会横在我们中间。接下来你马上就要进入初二，据说初二的孩子反叛情绪更强，特别容易和父母发生摩擦。所以我们一起努力，多沟通，多理解，多包涵，共度这个多事之秋，好吗？

还记得爸爸经常搂着你的肩，拍着你的背，笑嘻嘻地说："我们多年父子成兄弟，对吗，儿子？"其实爸爸这样说，不仅要向你传达一种平等意识，也是想告诉你，我们不只是你的父母，我们也想成为你无话不谈的朋友。

最后，我们要告诉你，我们这一生所做的最重要的选择，不是你爸爸选择了小说，你妈妈选择了诗歌，而是十三年前，在北京中西医结合医院的长廊里所做出的那个选择:"我们要这个孩子。"尽管那时我们还没有做好要孩子的准备,但在那个流淌夏日阳光的长廊里,我们伸出手接住了来自天堂的礼物,那个无比珍贵的礼物就是你,我们叫你余海果。

节日快乐,儿子!

最爱你的爸爸和妈妈

二〇〇七年五月三十日

注:这是我儿子念初一时,学校老师要求每个家长给孩子写封信,当时我在国外,我妻子陈虹代表我们两个写下了这封信。现在我儿子即将前往美国上大学,我借用李斯特的一句话给这封美好的信添加一个标题。(二〇一二年六月八日)

图书在版编目（CIP）数据

我们生活在巨大的差距里／余华著．—增订版．—
北京：北京十月文艺出版社，2024.4
 ISBN 978-7-5302-2397-0

Ⅰ.①我… Ⅱ.①余… Ⅲ.①杂文集－中国－当代
Ⅳ.①I267.1

中国国家版本馆CIP数据核字（2024）第079146号

我们生活在巨大的差距里（增订版）
WOMEN SHENGHUO ZAI JUDA DE CHAJU LI(ZENGDING BAN)
余华 著

出　　版	北京出版集团
	北京十月文艺出版社
地　　址	北京北三环中路6号
邮　　编	100120
网　　址	www.bph.com.cn
发　　行	新经典发行有限公司
	电话 010-68423599
经　　销	新华书店
印　　刷	山东韵杰文化科技有限公司
版　　次	2024年4月第1版
印　　次	2024年4月第1次印刷
开　　本	850毫米×1168毫米 1/32
印　　张	9
字　　数	170千字
书　　号	ISBN 978-7-5302-2397-0
定　　价	59.00元

如有印装质量问题，由本社负责调换
质量监督电话 010-58572393

版权所有，未经书面许可，不得转载、复制、翻印，违者必究。